沒有了鮮魚
沒有了奶油
你無法想像的日本

新井一二三（あらい ひふみ）

新井一二三 vs. 褚士瑩
東京×地球表面不定點
對談

沒有了鮪魚，沒有了奶油……
接下來還會消失什麼？

【編輯的話】

新井一二三，日本人，中文寫作，以在地東京人的觀察，體現日本在二〇〇八年至二〇一〇年的生活環境變化。

褚士瑩，台灣人，中文寫作，從年輕就開始環遊世界，飛行的里程數可以繞地球六圈，認為全宇宙最友善的人是台灣人。

距離台灣一個小時時差的日本，儘管語言文化差異，但卻無形中擁有相同的社會變化速度，新井一二三與褚士瑩兩人站在各自的角度交換關注社會的心情，希望透過對談，讓我們可以從中得到啟發。

對談—01

新井一二三以「夕陽國家」來總形容這兩三年的日本，而褚士瑩在地球各國生活的零時差感，如何看待日本東京近幾年的變化？最為深刻的事件覺得是什麼？

褚：不介意我這麼說的話，我覺得東京一點也沒有完蛋，只是這幾年東京人變得過度悲觀了。日本每隔幾十年，總要週期性的對自己的國運悲觀一陣子，才又慢慢拾回信心，所以感覺上沒甚麼好擔心的。這樣想吧！冰島人過去十年因為過度迷信金融建國的力量，結果弄得全國像一批冰原上摔跤爬不起來的獨角獸，瞬間失去了優雅神秘的姿態，雖然這樣，冰島人還是樂天知命的聳聳肩，說：「就回海上捕魚吧！」比較起來，日本的夏天夜晚不會太短，冬天夜晚也不會太長，就連成田機場旁邊引擎轟隆隆的土地上，也可以長出好吃的茄子，實在沒有甚麼太讓人煩惱的理由啊！

新井：人會成長，人會衰老。國家也一樣，會成長，

會衰老的。成長中的人想像不到自己有一天會衰老。我們以前也沒有想到，自己的社會不久將開始衰老。但是，就像人不能避免開始衰老的一天一樣，國家、社會也有一天真開始衰老。我覺得，二〇〇八年對日本來說，就是那樣的一年。當然，開始衰老不直接等於完蛋。我們也希望日本有朝一日起死回生。

對談—02

褚士瑩近期作品強調許多環保的概念文章，兩位曾在自己的書中提過簡單生活、緩慢生活的想法，但層出不窮「農藥餃子風波」、「造假賞味期」讓人心惶惶，人要吃飽了才能活，但如果吃都成了威脅，兩位覺得防止威脅的第一步是什麼？

新井：盡量自己做飯吃啦。首先要選好在哪裡買食品。然後盡量不買加工品，也盡量不買綜合調味料。能夠自己做的，盡量去自己做。比如說，日本超市賣的培根（bacon）一般都是假的，跟歐美賣的就是不一樣。西方的培根，你放在平鍋裡開小火，慢慢滲出透明的豬油來。但是日本的培根呢，卻慢慢滲出白濁的水份來。這是為了增加重量，把肉塊泡水的緣故。我不想吃假的日本培根。先去逛好幾家超市看了進口培根，可是價錢特別貴。後來，我查了查法國菜譜，果然有手工醃肉的做法：把五百公克五花肉用一湯匙鹽和一湯匙白糖以及少許胡椒粉醃一個星期而已。不經煙燻，但和培根一樣好吃。從此以後，我家的冰箱裡一直具備手工醃肉了，價錢是進口培根的四分之一。你放在平鍋裡開小火看看吧，慢慢滲出純豬油來呢！

褚：這個世界上對於人類飲食最大的威脅，恐怕不是吃到假的東西，而是吃得太多。所以不用說，第一步當然就是減肥！大部分國家人民的體脂肪BMI平均值不斷上升，原則上BMI超過25叫做過重，超過30在醫學上就叫做癡肥，以英國來說，全國平均已經從26上升到27，美國青少年如今有四分之一以上被界定為癡肥，全美國不分齡，有將近百分之七十的BMI超過25，更百分之四十以上國民超過癡肥的標準線，擴大到全世界，醫學上界定為癡肥的人口數約為三億。倫敦衛生與熱帶醫學學院（School of Hygiene and TropicalMedicine）Dr. Phil Edwards說胖子對於地球暖化氣候變遷，有責無旁貸的責任，因為負責提供人類食物的農業、畜牧業，佔了全世界溫室效應總量的五分之一，胖子吃得比別人多，因此直接消耗更多地球的資源，除了吃之外，因為走點路就氣喘如牛、汗流浹背，也因此比較傾向到哪裡都自行開車，而不願意多走一段路去搭公共交通工具，直接增加二氧化碳釋放，「無論走到哪裡，都像是一台超耗油的機器。」

當然，我們也不能把極地永凍冰層融化，海平面上升，雨林消失，異常的暴雨，水災，大旱，責任統統都栽在胖子的頭上，可是數字顯示胖子每年比瘦子要多排放一噸的二氧化碳，根據世界衛生組織WHO的過重人口數量統計，一共就多排放了額外十億噸的二氧化碳，胖子，聽好了，要是地球即將毀滅，我一定照三餐拖著你去跑步。救地球，就從體內BMI低於25開始！

新井：先進國家的胖子，其實大多是中下層人士吃垃圾食品吃胖的。他們是社會的弱者，缺乏金錢，缺乏知識，才常去快餐廳吃漢堡，喝可樂的。在日本，過度肥胖的孩子幾乎無例外地在家裡把可樂、汽水當水喝。下課以後去公園玩，他們都一人帶著一瓶二公升的飲料來。別人一看就知道那些孩子的父母由於某種原因（離婚、失業等）放棄了認真帶孩子的念頭，否則怎麼讓自己的骨肉成為小型美國鄉下佬，保證長大以後在社會上受歧視，找不到體面的工作？二公升的可樂是窮困孩子的精神奶水。但是，在全世界，連鎖快餐廳、可樂公司都是好大的企業呀！也就是說，好多有錢人騙窮人去吃垃圾，或利用窮人的苦處發財的。救地球，要從救鄰人開始。教育和社會工作是關鍵的。

對談—03

不談戀愛的年輕人、不生小孩的夫妻、沒有工作的大學生、被大公司解雇的資深員工、無家可歸的人越來越多、未曾出現過的東京派遣村……日本社會的低氣壓，將會是預報台灣的未來嗎？

新井：不談戀愛的年輕人、不生小孩的夫妻、好像台灣也已經有不少了。但是，台灣社會跟日本社會還是有很多不同之處。台灣的優勢是社會風氣很熱情，不像日本這麼冷淡。其實，冷淡是都會人的慣性，在經濟景氣好的時候，冷淡的風氣並不算壞，因為它保障不被人干涉的自由。但是，經濟一變得不景氣，冷淡的社會就出現冷酷的現象。例如，東京過年派遣村。反過來看台灣，人際關係比日本密切得多。所以，我估計，即使經濟走下坡，台灣社會不大會出現日本這麼多的無家可歸者。

褚：哈哈，難道社會的氛圍的低氣壓也會像沙塵暴從蒙古吹到日本那樣，從日本吹到台灣來嗎？我覺得日本的情形之所以感覺嚴重，是因為無論甚麼好東西，也都有人討厭，所以不管是孩子練鋼琴，陽台掛風鈴，主婦穿睡衣倒垃圾，或者不過是肩膀上有隻小壁虎刺青的人進溫泉，都會有「苦情」，總有人要投訴抱怨一番，舉個例子來說吧，周刊誌「周刊文春」二〇一〇春天對一千個三十歲以上的讀者做調查，問他們最想住的地方，跟最不想住的地方，結果大阪市名列第四，這樣看來，大阪應該是個很受歡迎的居住城市吧？結果最不想住的城市排名裡，竟然第一名也是大阪市，東京的新宿區，也面臨類似的命運，所以比

起在台灣，受歡迎的東西總是一窩蜂，在日本則是只要有人特別喜歡的東西，就必然有人會特別討厭，有人喜歡小孩，也有人喜歡在大公司上班，當然也有人寧可在大城市當遊民，也不願意回鄉下務農。

如果說這就是台灣的未來，我也並不覺得特別悲慘，只是被迫要認識人生的多種可能性，不得不更加認真的為自己在全球化時代的人生做選擇，如果連到紐西蘭去種蘆筍，伊拉克開餐館，或是到東帝汶去當聯合國警察，都變成人生的一種可能性，不是應該很讓人興奮嗎？何不乘著地域性的低氣壓，像孫悟空那樣騰雲駕霧去世界其他地方努力看看？

新井：現在，不僅是日本和台灣，連中國大陸面對的問題也越來越像，因為全球化涉及的範圍從金融制度擴大到社會層面來。當然，個人總是可以找出路的：一個社會衰老了，就去別的地方看看吧。只是，這樣的做法說不定等於放棄社會責任，因而使問題變得更加嚴重。比如說，生育率低落的問題。生不生孩子當然屬於個人自由，而且這個世界確實有太多因素教年輕人不想或不能生育。現在，日本經過三十年的少子化，這兩年人口真開始減少了。從此以後，全民人口中老人佔的比例越來越高，勞動人口越來越少。這樣子，國民經濟再成長幾乎不可能的了。這是日本至少近代以後從沒經驗過的情形。做孫悟空挺好，但他始終依靠著唐僧、釋迦牟尼呢。沒有唐僧、釋迦牟尼，他還能做孫悟空嗎？我也要提醒你：做孫悟空是有年齡限制的，依今天的標準，大概是三十五歲吧。

對談 —04

日本人特別喜歡「幸福」這兩個字，甚至在憲法上都有明文寫著人人有追求幸福的權利，新井一二三說小時候的幸福是很具體的，請問兩人近期最「幸福」的一件事？

新井：幸福嘛，不僅從具體變得抽象，而且從單純變得複雜。我在這裡說複雜的意思，是在一件事情裡面，正反兩方面同時存在，卻互不矛盾。比如說，最近我家老大小學畢業，上了初中。記得六年前他上了小學的時候，我覺得特別開心；自己一手帶大的孩子終於唸小學去了。那是多麼單純的幸福。沒想到，這次我倒提不起精神來了，甚至懷疑自己是否得了憂鬱症。有一天在外面買東西，我差一點就開始當眾嚎啕了，因為孩子的成長讓母親感覺很寂寞。我不幸嗎？當然不是。我是非常幸福的；自己一手帶大的孩子終於唸中學去了。只是我之前千萬沒想到做母親的幸福是這麼寂寞的。你看多麼複雜！

褚：我覺得「幸福」跟「笑」，就跟「婚紗照」或是「青汁」一樣，是被媒體過度操作成非買不可的商品，充其量只是可有可無的東西啊！如果問十個美國人，到底心愛的對象讓人喜歡的是哪一點，保證有九個都會說：because he/she makes me smile. 問題是如果只是想要笑的話，看本甚麼笑話大全，或是吉本興業的爆笑喜劇之類的，可能還比較舒爽吧？不信的話去問俄羅斯人，讓對方笑是不是構成愛情的必要條件，俄國人一定會反過來說，兩個人一起受苦，保守彼此不可告人的沉重黑暗的秘密，才是長久相知相惜的基礎。幸福固然美好，但是一個人要帶給另外一個人一丁點幸福，在我看來是非常非常困難，也非常神聖的事情，比如說我在緬甸的NPO前線工作很多年，不敢奢望有誰因此人生得到幸福，只希望有那麼幾個孩子，記得在人生最困苦的時候，曾經有人真心真意為他們努力過，因此決心開始走上追求幸福的道路，正因為這麼艱難，所以當我看到媒體把幸福當速成商品來販賣，就連泡麵包裝上都可以大大印著「至福的一杯」時，讓我反而心生對廉價的幸福感產生莫名的嫌惡之心，因為輕挑得滿口這個幸福、那個幸福，是讓人很生氣的啊！

新井：這世界確實有幸福這回事，但絕不是花錢買得到的。幸福也不是別人能給你的東西，非得自己去創造。「知足者福」這句話，其實滿深刻的。

對談 —05 —

二〇〇七年日本制定了「工作生活平衡憲章」，用法律來推行國民過正常生活可說是世界創舉……褚士瑩立志「從年輕就開始環遊世界」，而新井一二三抱著「不去旅行就無法繼續人生」，兩位不但樂在工作，更兼顧生活品質，請問兩位對於工作與生活

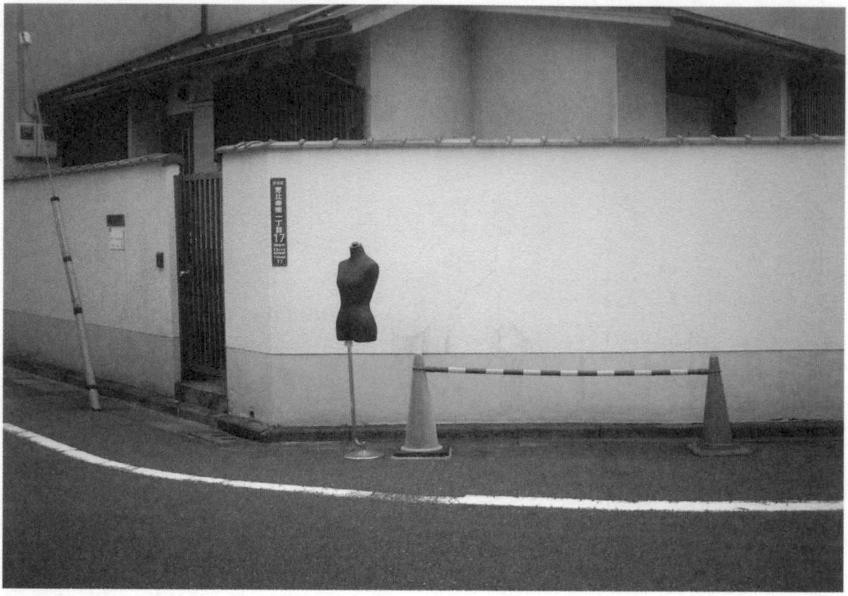

的平衡如何安排？有什麼具體的想法？

新井：過去十二年，也就是自從第一個孩子出生以後，我每一次去出差都是帶著全家去的。每一次的出差也因而成為家庭旅遊。我不想放棄工作，也不想放棄生活，非得找出最好的妥協或者折衷方案不可。換句話說，可以放棄的全放棄，不能放棄的絕不放棄。可以讓步的全讓步，不能讓步的絕不讓步。我每天每秒鐘都在考慮並且判斷：此時此刻人生的平衡點在哪裡？

褚：老實說，我很害怕把工作從自己的生命當中，像塊息肉那樣毫不在乎跟自己切割分開的人。我覺得他們好殘忍。人一天只有24個小時可活，如果其中八小時睡覺，八小時工作，可不就只剩下八小時可活？而這八小時還要分出一大半上市場，帶家人上醫院，排隊等車，剪指甲，應付不喜歡的親戚，聽朋友訴苦，剩下能夠為自己而活的時間真是太少了啊！因為這樣，我認為只能讓自己工作的內容，必須是人生夢想的實現，或至少是為著夢想實現而做的努力，這樣一來，工作的最終結果，就不會變成「退休」這種奇怪的東西，而是每天每天走在夢想路徑上的一場小旅行。

新井：怎麼最近的台灣人都愛談「夢想」？據我理解，社會上氾濫的標語，一般來講，跟社會真面貌是正相反的。例如，當中國大陸氾濫「為人民服務」標語的時候，正是社會主義信仰崩潰的時候。我有點擔心人人都談「夢想」的台灣，是否實際上是令人很難「夢想」的社會了？我們走的每一步，就是人生的實際內容。除了每天的現實以外，人生也不會有別的內容。跟現實分開的夢想是不健全的，而且是危險的，有如麻藥。「為了實現夢想而活」這樣的想法似乎包含著本質上的陷阱，因為「夢想」至上的結果，會導致忽略，甚至犧牲現實生活的品質。人生歸人生；夢想歸夢想。根據自己的「理想」去改善日常生活的品質，應該人人都能做到。改善世界，從改善日常生活開始。「理想」可以是現實的。

對談 —06

很難想像日本將會沒有鮪魚，沒有奶油，新井一二三也說難以想像如果沒有UNIQLO的生活了，如今對於兩位而言如果再沒有了什麼，可是最傷腦筋的啊？

新井：世界是無常的。很多東西，如果沒有了，都會傷腦筋。但是既然得活下去，我總會想辦法對付。這些年頭，無法想像的事情已經發生過很多次嘛！

褚：沒有了老房子，這個世界會比沒有生魚片吃更加寂寞。記得我十多年前住在北京建國門外大街的時候，大片的胡同都還在，每天晚上從金融街的高層人樓下了班，關掉電腦，脫下黑西裝，讓我的心最歡喜的事情，莫過於順著家門後面的胡同，一路走到全聚德後面的正乙祠去聽戲，嗑盤瓜子，喝盅八寶茶，沿路聽到公共浴池嘩啦啦的水聲，風吹著巨大梧桐樹的嗦嗦聲，大火炒青菜跟家庭主婦串門的聲音，賣蟋蟀的板車，溜鳥的大爺，這裡像是一座停格在時光中的花園，連我這種在美國生活慣了的人，都覺得自己變成了中國歷史的一部分，可是站在為奧運打造的鳥巢或水立方，卻心生不出那樣的豐足感。

療癒現代人的心，畢竟是需要一些無造作的老房子的。印度孟買的地產商，取得剷平被當做都市之瘤的貧民窟，蓋大樓免費讓原本住在破爛的鐵皮房子裡的窮人，搬到嶄新的二三十樓高層公寓裡，但是許多人卻不願意，因為只是把貧民窟立體化，騰出空地來蓋更多的商場，購物中心，並沒有解決貧窮的根本問題，原本三餐溫飽就有問題的窮人，突然間還要繳交電梯維修費，大樓管理費等等，不是強人所難嗎？

前一陣在韓國首爾，跟朋友搭了中央線，到了江另一邊被遺忘的小鎮，叫做兩水，去拜訪當地的有機農場，結果路上經過一家即使當地朋友也說只在老電影裡出現的小雜貨店，推了門進去，一盞燈都沒有的店裡，零零星星放著幾包蒙塵的餅乾糖果，店裡一個人都沒有，呼喚了兩聲，裡面的木門才吱嘎打開，露出一個非常年邁的老婆婆，坐在炕上，從棉被外伸出半截身子招呼我們，跟過去日本鄉下很類似。當地朋友懷念的說，這種學校旁邊經營的雜貨店，是孩子們領到零用錢那天，小心翼翼揣著錢包，放學來買一塊蛋黃餅的地方，「有蛋黃餅嗎？」已屆中年的朋友滿懷希望的問。「以前有賣，現在沒賣了，因為賣不出去都過期了，只好扔掉。」我們聽了都很難過，連小時候沒吃蛋黃餅的我也陪著難過，最後亂七八糟的買了一堆根本沒吃過的餅乾跟煉羊羹才依依不捨的走，一出門就看到對面7-ELEVEN的明亮招牌，便利店裡放學的孩子都在裡面，生意興隆，我們上了回頭的電車，檢查了一下，有一半的餅乾都過期了。猶豫了一下，三個人還是都把整包吃光了，並不是因為餓的緣故，而是現代金屬的巨大建築讓人寂寞，興起想吃進一口古老房子的衝動。

這是為什麼我很高興看到京都有町家（machiya）的產生，在兩條街上買下十來間各有特色的老房子，按日按週租給不想住在五星級酒店的外國人，讓老房子也能夠有新生命，我因為這樣，還特地寫了信給創立這個計畫的知日派美國人表示感謝，他的助理回了我一封信，約日後在曼谷見面，結果不了了之，恐怕以為我是商業間諜吧！畢竟這種時代，像我這麼好事卻又心智正常的人，並不太多啊！

新井：記憶是最後的武器。我們要記住自己是從哪裡來的。記憶最重要。

對談 —07

以上談了這麼多，不知道在兩位的心中，台灣與日本的相似度與差異性在哪裡？

新井：日本屬於東北亞。台灣屬於東北亞和東南亞交叉之地。台灣與日本的相似度在於東北亞文化，差異性則在台灣文化中的東南亞成份。台灣有南洋的開朗，是日本沒有的，雖然台灣兼有日本的憂鬱。

褚：台灣與日本的差異，就像台灣米與日本米的差異吧！台灣有種芋香米，煮的時後果真就會滿室生香，讓人錯覺以為正在蒸紫色的芋頭，真正吃的時候，並不太能感受到特別的滋味，但是炊飯過程中產生有點錯亂的這種趣味，足以讓芋香米在台灣超級市場琳瑯滿目的貨架上，佔有一席之地，我也從來沒看過有任何一個台灣主婦，質疑米飯炊煮的時候發散芋頭香，有甚麼奇怪的。

日本米飯則不同，滋味絕對比炊飯過程的趣味更加重要，而且甚麼東西該有甚麼味道，有相當嚴謹的一套規矩，明明跟芋頭沒有關係，但是吃起來卻有芋頭香味的米飯，不見得會成為受到消費者青睞，甚至有些人會因為這個原因，覺得很怪異而絕對不買也說不定。一碗白米飯，在外人看起來是很相似的，但是背後的思維卻有著根本的區別，如果我們說的不是台灣的芋香米，而是泰國的茉莉香米，那麼無論台灣人還是日本人，這時卻又不約而同對泰國香米有非常類似的看法，表示看待第三者的時候，日本跟台灣卻又很相似了。

新井：台灣人那麼喜歡芋頭香，好像有南洋DNA在啟動，說不定是一種鄉愁。那麼，台灣人為甚麼不乾脆吃芋頭，而吃沒有芋頭味的大米呢？這裡好像有東北亞歷史在作怪的吧？日本人只愛吃日本米，有如孩子永遠愛媽媽一樣。

對談 —08

最後想請兩位分享最近正在讀的中文書與日文書是哪一本？

新井：中文書《中國導演訪談錄》易立競。日文書《上海：多國籍都市的百年》榎本泰子。

褚：必須先聲明一下，我從小就不怎麼會做人家規定的事情，事實證明，就算勉強做了，結果也都是不怎麼好，或許因為這樣，寫好的書，無論什麼語言，我也都無法從頭到尾看完，因為這個緣故，目前我正在看的書，起碼也有四五十本，但沒一本看完，有的看了前面，有的看了後面，大部分則是看了中間，中文書的話有80後的香港大學生阿鵬寫的《我有的是GUTS—470天改造新丁鐵男日誌》，跟嚴格說來不能算新書也不能算中文書的《台灣土地。日本表情—日治時代遺跡紀行》（作者是片倉佳史），日文書則有青山七惠的《ひとり日和》（台灣譯：一個人的好天氣），還有其實並不是日本人寫的日文書《愛ある生き方》，作者是上智大學前校長ヨゼフ・ピタウ神父，但我讀的書大部分還是英文的，像是貧窮記者的刻苦環球旅行札記《Lunatic Express》，還有韓裔美籍作家的Chang-rae Lee文學教授寫以北韓難民為主題的小說《The Suriendered》。

Contents
目次

Chapter 02 在廉價與安全之間選擇

Chapter 03 無法想像的日本

©好春設計／陳佩琦

自序
東京夕陽無限好

新井一二三

這本書收錄的文章，都是我從二〇〇八年到二〇一〇年撰寫，分別在台灣《非凡新聞 e 周刊》《遠見30》、中國大陸《萬象》《普知》《SOHO小報》等雜誌上發表的。從二〇〇八年到二〇一〇年，雖然只有兩年而已，感覺上卻像是兩個不同的時代了。原因很清楚。二〇〇八年秋天發生的世界金融危機徹底改變了我們的生活環境。

直到看本書校稿以前，我都忘記了僅僅兩年前，日本物價是日趨高漲的。當時受世界原油價格的提高和新興國家（中國、俄羅斯、印度、巴西）發達的影響，日本菜市場賣的魚、奶製品等都越來越貴。東京房價也自從一九九〇年代初泡沫經濟崩潰以後，第一次呈現了再要提高的預兆。那年的應屆大學畢業生找工作好容易，很難相信比他們早十年出社會的所謂「失落的一代」未有正式就業的機會。毫無疑問，那是經濟景氣相當好的年代。

奇怪的是，當時我們並不因此而高興。十多年前，日本物價很穩定，甚至很多東西都越來越便宜。當國家競爭力逐漸衰退之際，國民生活倒很安穩，是鄰近國家中國迅速發展起來，給日本人提供了廉價生活必需品的緣故。金融全球化以後出現的好景氣，卻破壞了那安穩的停滯。我們聽到「通貨膨脹」一詞兒覺得麻煩，因為它意味著不好預測的經濟波動要來了。果然發生的金融危機，實在很合適於用海嘯一次來形容。最初出問題的是美國的金融市場，但是很快就波及到世界各國，包括日本在內。

我二〇〇八年底以後寫的文章裡，你會看到東京、横濱等日本大都會開始充斥了被大企業無情解雇的失業者、無家可歸者。同時，有產階級越來越自私，對社會弱者越來越冷淡。統治了日本半世紀之久的自民黨，淪落為「白痴殿下」麻生太郎領導的無能集團，果然在二〇〇九年的大選中被迫下台，由民主黨政權代替了。但是，新首相鳩山由紀夫也是非常富裕的世襲政客，每月領取母親撥款的零用錢一千五百萬日圓（約合台幣五百萬元），自然對老百姓眼下吃的苦一點想像力都沒有。他們好比是法國大革命時候的王妃瑪麗安東妮；當平民訴苦道「沒有麵包吃」，她竟回答說了「那吃蛋糕不就行了嗎？」。不過，跟瑪麗安東妮不同，鳩山由紀夫不必擔心被斷頭。今天的日本人不像大革命時期的法國人那樣憤怒。雖然大學畢業生找工作也一下子變得特別困難了，但是他們也不像中國大陸的「憤青」那樣隨時會爆發。

一九九〇年代初，當泡沫經濟剛破裂的時候，有位老先生預言道「今後的日本會變成歐洲中等國家那樣。經濟不再成長，但是日子過得應該還不錯」。當時我想到葡萄牙；從不出現在經濟成長排行榜，生活質量卻相當高。連普通家庭的廚房枱面都是大理石做的，餐具是銀做的，飯桌上還燃燒著精緻的手工蠟燭。後來，老先生的預言似乎應驗了。今天的日本雖說是夕陽國家，就整體生活的水準而言，卻達到了歷史上的頂峰。全國鐵路、高速公路、城市地鐵都已完工而運用得很好；貨物流通系統完備，買世界各國的商品都很方便；各地建設了美術館、音樂廳，容易享受到多種藝術娛樂。拿這些生活細節去跟北京、上海進行比較的話，東京的優勢則會非常明顯，即使你說今天的日本人是活在過去的遺產上。

然而，老賢人都沒預料到的是，一九九〇年代以後的日本沒有走歐洲式的社會民主主義道路，反而越來越採用美國式弱肉強食的道理。第二次世界大戰以後很長時間，日本的國家體制曾類似於社會主義：政府對大企業很優惠，大企業則對職工提供多種福利，包括：廉價宿舍、房屋貸款、健康保險、養老金。這些都在二〇〇〇年代的經濟改革中不見了。如今越來越多臨時工，除了工資以外甚麼都收不到，而且隨時都會被解雇，連工資都會失去。但是失去了工作，他們也領不到失業保險金。面臨著財政危機，公家對老百姓也越來越嚴厲。這些年常有報導：好不容易領取的生活補貼，由地方公務員來扣押，導致窮人、老人病死或餓死。

二〇一〇年的日本，一方面是很成熟富裕的社會，另一方面卻是很殘酷冷淡的社會。多數日本人仍過得挺舒服的。但是，生活一旦開始走下坡，恐怕哪兒都找不到安全網了。本書收錄的不少文章涉及到中國大陸。這不是偶然的，因為中國的經濟規模已經超過日本，即將要趕上美國，對整個世界的影響力越來越大。然而，很多日本人不願意接受現實。這反過來成為日本經濟無法恢復競爭力的重要原因之一。

總的來說，雖然黃昏不會遠，但是東京夕陽無限好。日本真正的沒落是現在才開始的。如今眼前還是一片紅色。以逐漸擴大的黑暗為背景，繁榮的殘照顯得無比美麗。（完）

Chapter 001

這些年以來

當御宅族已死，當汽車不再浪漫；當工作與生活無法平衡，當政治變天了；這些年以來的社會變化，到底給了我們什麼訊息？

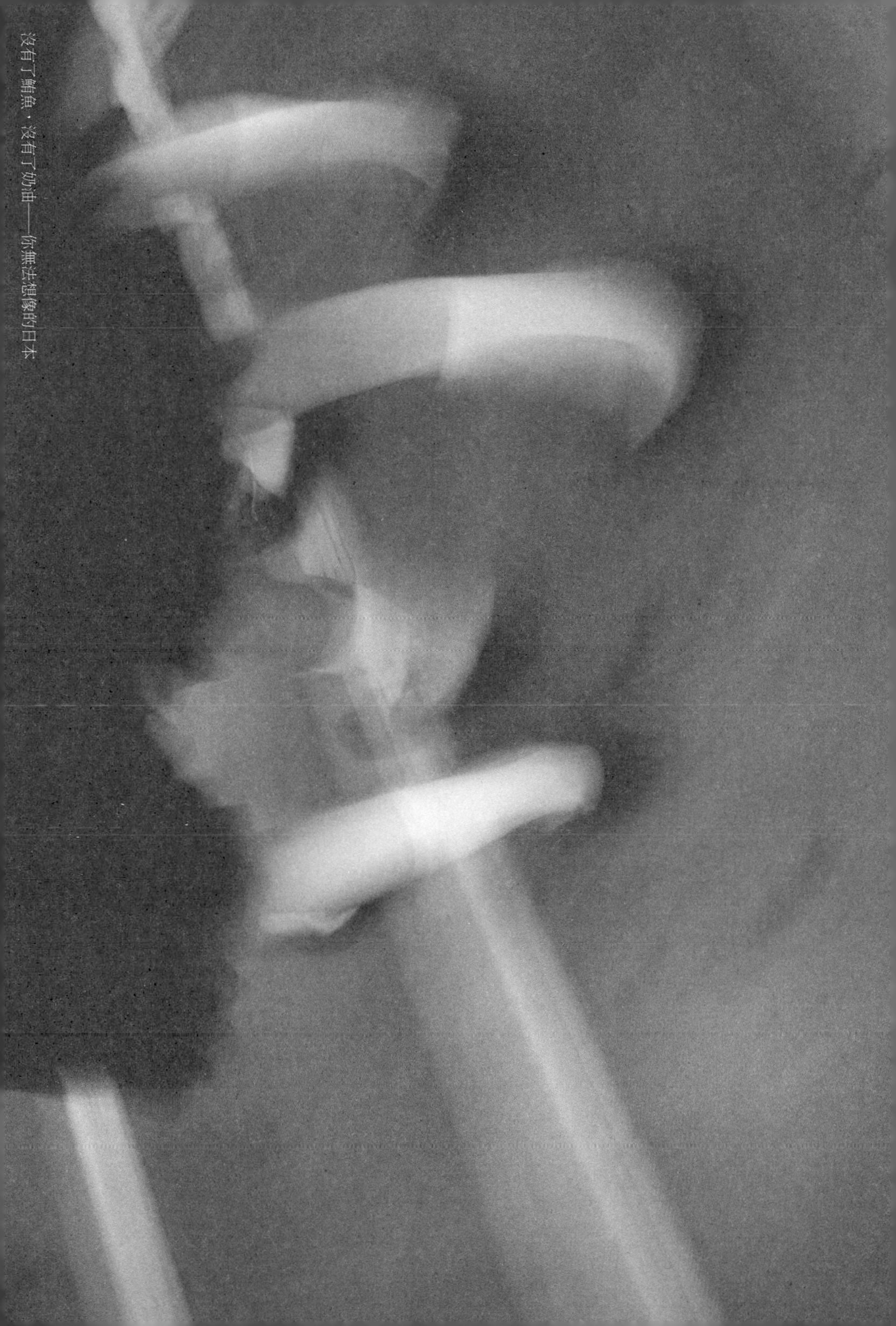

Chapter 01

御宅族已死

在二〇〇八年四月問世的新書《御宅族已死》的最後，岡田寫道：「御宅族文化已滅亡。從此你得自己去創造自己的文化。」

正逢西方各地興起日本動漫熱潮之際，日本「御宅大王」岡田斗司夫倒出書宣佈：「御宅族已經死掉了。」

所謂「御宅族」是：一九六〇年左右出生，從小看大量漫畫、動畫長大；到了八〇年代，當同代人忙於研究時裝，跟異性朋友約會的時候，卻拒絕主流消費文化，仍沉溺於漫畫、動畫、「星際大戰」等科幻電影，也被新出現的電腦遊戲迷惑的一群人。一九七五年開始的同人漫畫展覽會（Comic Market）當初只有七百人參加，到了八〇年代則吸引一萬人，九〇年代的入場人數超過十萬了。集聚於展覽會的年輕人以男生爲主，很多是臉色蒼白的胖子，頭髮許久沒剪好蓬亂，因爲他們平時都一個人躲在房間裡研究動漫遊戲，很少出去的緣故。彼此說話交換消息之際，內向的男生們不敢直接稱對方爲「你」，於是用了本來屬於中年人的委婉日本語「御宅」，翻成中文便是「府上」。一九八三年，流行文化評論家中森明夫在雜誌上把他們命名爲「御宅族」。

當初，廣大社會對「御宅族」的態度相當不友好。大家以爲：「已經二十多歲的人了，還愛看兒童書幹嘛？而且不願意跟女生來往，不是有病嗎？」尤其是一九八九年，在東京郊外發生幼女連續謀殺案，被捕的犯人是典型的「御宅族」，個人房間裡堆滿著漫畫雜誌和錄影帶。這麼一來，社會對「御宅族」的眼光，從之前的「奇怪」變成了「危險」。

一九九六年，刊行《御宅學入門》一本書，並在東京大學開「御宅族文化論」課程的岡田斗司夫，可以說是「御宅族」出身的第一個文化人。岡田一九五六年在大阪出生，從學生時代起常舉辦推廣科幻、動畫的大眾活動而出名，後來創辦公司販賣公仔，監製動畫，並且上電視展開擁護「御宅族」的言論。

他主張：「御宅族是精神貴族。當別人盲目地追逐流行的時候，御宅族卻選擇自己喜歡的東西，不怕別人的歧視，貫徹獨立自主的生活路線。」岡田的言論被接受，一個原因是九〇年代開始出現不少西方文化人對日本動漫表示高度評價。哈佛、牛津等名門大學紛紛組織日本動漫粉絲社團。岡田被邀請去麻省理工學院講課，也到威尼斯藝術雙年展介紹「御宅族」文化。同一時期，也是「御宅族」出身的現代美術家村上隆在海外大出名氣，意象取自動漫的作品，常有人以百萬美元得標。

岡田指出：日本產生了「御宅族」文化有兩個原因。第一，一九六〇年代末的學運挫折以後，日本的動漫作品從「兒童書」變成了「青春文學」，開始反映相對深刻的人生哲學。第二，日本小孩有零用錢可以自己花，在這點上比西方等外國小孩自由，他們的經濟力量在很大程度上支持了動漫產業。

一九九〇年代以後的科技革命，使動漫遊戲的技術水準不停地提高，使得「御宅族」的文化土壤越來越肥沃，「御宅族」隊伍中也已經出現了第二代、第三代。具有諷刺意義的是，岡田今天說，被廣大社會接受的時候則是「御宅族」死亡的開始。二〇〇〇年以後，《電車男》等「御宅族」形象常在主流媒體上出現。電視、雜誌等作為流行風俗介紹聚集於秋葉原的「御宅族」。二〇〇七年，漫畫展覽會的入場人數竟超過了五十萬人。用岡田的話語，曾經跟「強制收容所」一般孤立於社會的「御宅族」，在表面上看來簡直成了主流。

然而，無論古今中外，「貴族」是不可能大眾化的。尤其是對平面美少女「萌」的一群人被看成「御宅族」的代表以後，岡田等第一代「御宅族」開始感到「自己曾屬於的大陸已經沉沒了」。過了五十歲，「御宅大王」進行減肥，一度達到了一百一十七公斤的體重，減少了五十公斤，連外表都不再是「御宅族」了。在二〇〇八年四月問世的新書《御宅族已死》的最後，岡田寫道：「御宅族文化已滅亡。從此你得自己去創造自己的文化。」

Chapter 01

小室哲哉的沒落

即使每年有二十億日圓（約合台幣六億元）的版權收入，抵押給別人，自己還是乞丐一般，只好到處去騙錢。

曾在一九八〇到九〇年代，席捲日本樂壇的知名製作人小室哲哉牽涉到欺詐案件而被捕，令人深感世上眞沒有不散的筵席。

自從一九八六年以渡邊美里唱的〈My Revolution〉獲得了日本唱片大賞作曲獎以後，他爲松田聖子、小泉今日子、中森明菜等女歌星提供樂曲，無論走在日本哪條街上都能聽到小室寫的旋律。尤其進入了一九九〇年代以後，他一手培養出來的安室奈美惠、華原朋美等女歌手陸續特別走紅，當時「小室家族」在樂壇的地位高貴得猶如皇室一般。從一九九五年起連續四年，日本唱片大賞的首獎都頒給小室製作的樂曲。人氣到了頂峰的一九九六年，Globe樂團的專輯賣了四百萬張，安室的專輯也賣了三百萬張，光是那一年小室製作的ＣＤ總銷量超過了一千五百萬張。結果，他個人的收入達到二十三億日圓（約合台幣七億七千萬元），乃同年在日本全國第四名的富翁。

從前在日本，廣大社會對流行音樂的評價偏低，無論多麼受歡迎，收入多麼高，還是不大被人看得起的。可是，一九八〇年代末的泡沫經濟時期以後，整個社會的價值觀念發生了徹底的變化。按照後現代新標準，誰在市場上勝利，誰就是老大。二〇〇〇年，小室在當時的小淵惠三首相之邀請下，爲在沖繩舉行的八國高峰會議創作主題曲，會議當天由安室奈美惠在各國領導人面前獻唱。只有少數人覺得不妥，社會輿論則支持思想開放的小淵首相。接著，小室也爲聯合國的反對毒品運動寫形象歌，並捐款給聯合國國際藥物管制規劃署，因而獲得了聯合國親善大使的地位。可以說他成了社會名人。

小室哲哉的成功也使他母校早稻田實業中學的董事們感到驕傲，或者至少他們認爲畢業生在社會上的知名度可以廣爲宣傳而利用。於是二〇〇一年逢創立一百周年，該校就請小室寫了首紀念曲〈早稻田輝耀〉，並由理事長塡詞，在典禮上正式發表。不僅如此，該校也把那年新蓋的禮堂命名爲「小室哲哉紀念音樂廳」，而在門口展出以他右手爲模型製作的鍍金雕塑，猶如他是貝多芬、蕭邦一級的大作曲家。早稻田實業中學之前在社會上出名的畢業生只有棒球界的王貞治。有了小室太高興了，順便也封他爲跟王貞治一樣的「傑出校友」。

於是當小室被捕之際，不僅年輕粉絲感到失望，而且社會高層也有不少人覺得頭疼，怕自己會丟臉。例如，自從二〇〇七年四月起，請他擔任音樂表現系特任教授的尙美學園大學怎麼辦？（已經解雇了）母校的鍍金雕塑怎麼辦？（還沒有決定去向）

小室自己沒落的歷程，沒有甚麼特別的。娛樂界的明星誰不會總有一天沒落？海外事業失敗，婚姻破滅，都需要錢彌補的。但是，王侯貴族般奢侈的生活方式一旦習慣了之後很難改變過來。坐飛機總要包下整個頭等艙、住飯店總要包整層樓、送弟子的禮物永遠是一捆紙幣，誰不會總有一天破產？即使每年有二十億日圓（約合台幣六億元）的版權收入，抵押給別人，自己還是乞丐一般，只好到處去騙錢。小室的沒落當然是他自己的恥辱。但是別人呢？整個日本社會呢？我深感羞愧。

01

Chapter

媽媽的銅牌

據報導「阿柔」從全國媽媽們收到的聲援信裝滿了兩個紙箱。她自己常翻看那些信，從中取得繼續努力的勇氣。

過去二十多年，一直是日本柔道界女明星的「阿柔」谷亮子（四十八公斤級別），在北京奧林匹克大會上，第五次獲得了獎牌。比起之前巴塞隆那（一九九二）和亞特蘭大（一九九六）的兩面銀牌，以及雪梨（二〇〇〇）和雅典（二〇〇四）的兩面金牌，她這次贏得的雖是銅牌，但對三十二歲的媽媽運動員來說，這實在是偉大的成就了。

事後，日本大部分媒體都說：「阿柔」引退的時刻差不多到來了。好在她丈夫，屬於職棒讀賣巨人隊的谷佳知公開支持她道：「我首先要說：辛苦了！雖然最後得到的獎牌跟本來想要的顏色不一樣，但是由我看來，這張獎牌有黃金色的光輝。」他也說：「自從在雅典獲得了金牌以後，在過去的四年裡，她付出了非常大的努力。特別是孩子出生以後，把他當作生活核心過日子的同時，從不說洩氣話，仍舊認眞練柔道的樣子，眞叫人佩服至極。」

比賽結束後，谷亮子馬上離開奧運會場，到北京市內的醫院接兒子去了。原來，才兩歲的兒子谷佳亮，跟爸爸等人一起赴北京要聲援媽媽，未料在水土不服的外國感染了病毒，發高燒三十九點六度，被送去醫院。於是做媽媽的「阿柔」，得到了銅牌以後就立刻去照顧兒子。第二天抱著他匆匆回到東京成田機場的時候，「阿柔」穿的是便裝，胸前也沒掛著獎牌，對當場的媒體記者說：「現在要直接去東京的醫院看病。」

一方面繼續做第一流的運動員，另一方面親手帶孩子，過去在日本是沒有前例的。其實，即使是普通的職業女性，生產後保持自己的事業者，在日本仍然屬於少數。最近一項調查的結果顯示：百分之七十的日本女性生產以後離開職場。多數人並不是自願放棄事業的，但是在日本請保母的費用非常昂貴，合法托兒所的營業時間和服務內容又不很靈活，再說丈夫們的工作時間長到隨時都會過勞死的地步。除非有同居祖父母能幫忙以外，很多母親實際上沒辦法邊上班，邊養育孩子。

所以，在日本全國，有許多年輕母親並非自願地離開了職場，暫時留在家裡一個人帶著孩子。她們在媒體上看到「阿柔」生產後不久，還餵母奶的時候就回到崗位，每三個小時給孩子吃奶，跟別人一樣認眞練柔道的樣子，對她感到衷心的佩服、共鳴和支持。有一次，谷亮子公然說：「母奶的成分跟血液一樣，所以餵奶後，會有點頭昏」，嚇壞了日本全國的無知男人。母親一族則對「阿柔」拍手喝彩，因爲她的社會教育作用可大了。

雖然「阿柔」的母親白天代替她看著小男孩，但是到了晚上，「阿柔」自己做飯，給兒子洗澡，陪他睡覺。當有記者提問：「兼任母親和運動員，是不是非常辛苦？」谷亮子淡然說：「我做的事情，跟世上的母親做的事情沒有分別。」可見她很冷靜，一點也不以自己的成就而傲慢。據報導「阿柔」從全國媽媽們收到的聲援信裝滿了兩個紙箱。她自己常翻看那些信，從中取得繼續努力的勇氣。

在北京贏得了銅牌後，「阿柔」說：「除非有家人的支持，否則我無法前進到今天這一步。現在，我想多點時間做主婦。」對她這句話，媒體下的結論是：谷亮子暗示了快要引退。然而，做母親的人都知道：想工作是眞心話，想做母親也是眞心話，想做主婦同樣是眞心話。職業母親的心理好比是聯立方程式，所求的解始終有複數。從中學時代起一直在媒體關注下生活過來的「阿柔」，能夠很自然地表達出凡人不敢開口說的眞心話。日本人喜歡谷亮子，不僅因爲她成就大，而且因爲她爲人很謙虛、很正直。

Chapter 01

不談戀愛的年輕人

對今天的年輕人來說，工作比約會重要得多。這主要是經濟景氣惡化導致的。九〇年代末大公司陸續倒閉，嚇壞了年輕男性們。

多項調查都顯示：日本年輕人越來越不談戀愛。東京附近的大學、大專學生裡，竟有七成沒有固定的戀愛對象，而且超過一半的人說：「談戀愛太麻煩了。」

根據日本政府進行的調查，在二十幾歲的男性當中，百分之二十四從來沒談過戀愛，到了三十幾歲，百分之九的人仍沒有交過女朋友。在二十幾歲女性當中，沒談過戀愛的人有百分之八，到了三十幾歲，這數字減少到百分之三。可見，日本男性在戀愛方面遇到的困難比女性多兩倍。這項調查是政府爲了應付日趨嚴重的少子化而做的，不僅在日本進行，也在美國進行，爲的是做國際比較（內閣府「關於少子化社會的國際意識調查」二〇〇五年）。結果，在美國的二十幾歲當中，沒談過戀愛的男性和女性分別爲百分之七和百分之七，到了三十幾歲則只有百分之二和百分之一；日本年輕人跟美國的同一代比較，顯然在男女關係方面消極得多。

市場消費分析家牛窪惠（一九六八年生）最近接受《朝日新聞》記者的訪問時指出：現在的年輕人跟她二十幾歲時候完全不同。「我們泡沫經濟一代年輕時候認爲戀愛比甚麼都重要。但是，對今天的年輕人來說，工作比約會重要得多。這主要是經濟景氣惡化導致的。九〇年代末大公司陸續倒閉，嚇壞了年輕男性們。尤其是『小團塊』一代人（從一九七一年到七四年出生）大學畢業找工作時候面對的困難非常大，到現在也不能放鬆。」

另一個問題是年輕一代的溝通能力偏差。在「小團塊」當中，希望結婚的人其實並不少，但是很多都表示不知從何著手好。牛窪惠說：「他們沒自信談戀愛。很多男性即使看上了一個異性，也不敢主動接近，因爲怕被拒絕後自己會精神受傷，甚至崩潰。女性則仍舊很被動，除非男性主動來接觸，她們也沒勇氣在這方面主動。」

到了二十幾歲一代，好像男女雙方的內心掙扎都不大存在了。牛窪惠說：「男性和女性的區別，在他們的感覺上相當薄弱了。所以跟同性朋友在一起，和跟情人在一起，他們做的事情，談的內容都幾乎是一樣的。就是部落格和時裝。結果，不少人覺得：與其談戀愛後關係破裂，倒不如作爲朋友長期來往下去。於是不肯進入熱戀狀態。」這種態度，也已經反映到他們的消費活動上。在日本汽車市場，這些年兩人坐的小車不受歡迎，反而七、八個人能坐的休旅車很暢銷，這是迴避戀愛關係的年輕人喜歡跟一批朋友們一塊出去玩的緣故。

另一方面，也有多項調查結果顯示：四十歲以上的日本夫妻，一半已進入「無性愛」（一個月以上沒有親密接觸）狀態了。回想一九八〇年代，日本男女老少都荷爾蒙分泌過剩似的年代，眞有隔世之感。也許正如牛窪惠所說，經濟景氣嚴重影響人們的心理和行爲。但是，不願意談戀愛的年輕人將來結婚、生育的可能性很低，長年少子化的結果又不外是人口減少。這麼一來經濟徹底好轉的可能性也不會有。日本人可怎麼辦？

Chapter 01

工作生活無法平衡

日本人的工作時間越來越長，大約三分之一的上班族每週工作五十小時以上；這比率高過世界大部分國家。

二〇〇八年八月三十一日的日本《每日新聞》頭版頭條的標題爲：「總務省三十五歲：睡眠三個半小時，見女兒十五分鐘。」文章寫道：「在東京霞關，總務省自治財政局科長助理（三十五歲），午夜零時離開燈光通亮的辦公室，趕上地鐵末班車。回到東京都內的家已經一點多了。早晨也得早起，每晚只睡三個半小時。每月的加班時間則超過一百個小時。他一九九六年東京大學畢業以後任公職，跟一九九九年結婚的夫人幾乎沒有一起吃過晚飯。週六週日上班，通宵工作都是家常便飯。三年前，抱了一下當時一歲的女兒，未料她哭著說：不要，不要。後來，父女盡量一起過週末，但是工作日見到她的時間還是只有吃早飯的十五分鐘。」

全國性報紙在顯眼的位置做這樣的報導，因爲日本人的工作時間越來越長，大約三分之一的上班族每週工作五十小時以上；這比率高過世界大部分國家。政府並非袖手旁觀，二〇〇七年底制定了「工作生活平衡（work-life-balance）憲章」，以圖推行國民過正常生活。然而，根據國家公務員工會的調查，去年日本公職人員平均的加班時間爲每月三十八小時，尤其直接負責國民「工作生活平衡」的厚生勞動省公職人員工作時間最長，每人平均加班時間竟然達到每月七十六小時。也就是說，甚麼「工作生活平衡」都是畫餅而已。

日本人的工作時間長，導致越來越多人因爲工作壓力高而患上精神病自殺，或者因爲過勞而猝死。報紙的讀者來信欄目常常刊登母親們的來信，她們向公眾訴說：年輕孩子們的工作時間異常長，薪水又不高，個個都是典型的有薪貧民（the working poor）了，這樣子他們怎麼可能成家生子呢？

自從一九九〇年代初，日本經濟慢慢復甦，但是代價可大了。在年輕一代裡，臨時工佔的比率空前高，已超過勞動人口的三分之一，他們的待遇低，除非打工很長時間，否則是無法維持生計的。另一方面，正規職工佔的比率低落，導致個人責任提高，無論公司方面的要求多麼不合理，爲了保住難得的一份工作，很多人還是接受夜以繼日的加班。

這些年來，日本的工會組織率直線下降，如今多數人得不到工會的保護了。評論家指出：如今日本年輕工人階級的生活狀況彷彿一九三〇年左右的世界大蕭條時期。也就是這緣故，在二〇〇八年的暢銷書中果然有一九二九年著名無產階級小說家小林多喜二寫的《蟹工船》一書，過去每年只重印五千冊左右，二〇〇八年則印了五十萬冊而引起年輕一代的衷心共鳴。在這樣的社會環境下，自從冷戰結束後長期靠邊站的日本共產黨忽然開始走紅，十個月裡有一萬人申請入黨。其中有二十幾歲的年輕人，也有養老金越來越少的退休人士。

在目前的日本，社會地位最高的官僚和最低的臨時工都得爲了工作而犧牲生活，甚至生命。連在大公司工作了多年的退休人士也得擔心養老金能不能足夠維持老兩口子的生活。既然許多人對社會經濟感到不安和不滿，治安和風氣也不會好到哪裡去。但願新任首相會採取有效的措施。

Chapter 01

汽車不再浪漫

在十年前，開車出來也喝一兩杯啤酒是司空見慣的事情，然而現在，要是被罰款就誰也吃不消。

日本人越來越不開車。二〇〇五年起，日本國內的汽車販賣總數連續減少，已經下降到了三十五年前的數量。擁有私家車的家庭比率也自從二〇〇一年起逐年低落。尤其在年輕一輩當中，越來越多人連駕駛執照都不想考，使得汽車公司擔心國內市場將一路萎縮。

直到一九九〇年代，汽車曾經是年輕男女約會時候的必需品；能夠跟情人單獨躲在密室裡去遠處的私家車，無限燃燒了年輕人的浪漫期待。當年很多人一上大學就考駕照，一出社會就買輛廉價車，然後隨著人生階段的變化和社會地位的提高，每幾年就換一次車。汽車公司方面，也爲了刺激消費者的購買慾曾推出了不同價錢、等級的好幾種商品。

可是，根據自動車研究所舉行的民意調查，如今把汽車當作「約會必需品」的人只有百分之一。最多的百分之四十四倒認爲汽車不過是「移動的工具」。從一九八〇年代到九〇年代初，曾作爲「約會必需品」風靡一時的跑車類，如今在汽車商場也很少看見；反之，作爲「移動的工具」效率高的轎式休旅車才受歡迎。

考取過駕照的男性當中，購買私家車的人佔的比率也在過去十年連續下降。三十幾歲的男性，曾經七成以上擁有自己的車；這數字已經下降到五成多，跟同代女性幾乎沒有了差別。至於二十幾歲的男女，只有四成人考取了駕照後購買私家車。他們不買車的原因，首先是車費、保養費貴，其次是沒地方停車，接著是不如其他交通工具方便。

過去幾年，日本人口有重新往大城市集中的趨向。光是二〇〇七年一年，東京圈的人口就增加了十五萬。住在大城市，地鐵等公共交通相當方便；當選擇約會吃飯的場所時，也不必事先查好哪裡能停車。於是，不少新居民決定不開車，導致新建公寓的停車場有很大一部分一直空著沒人用。

再說，二〇〇一年和〇七年兩次修改交通規則的結果，對酒後開車的懲罰條例越來越嚴厲了。如今要是喝醉酒而開車，就要被判處十年以下的徒刑或者一百萬日圓（約合三十萬新台幣）以下的罰款。而且一同乘坐的人也會分別被判處三年以下的徒刑或者五十萬日圓（十五萬新台幣）以下的罰款。這些條例產生的警告作用非常大，果然多數日本人晚上出去的時候不再開車了。在十年前，開車出來也喝一兩杯啤酒是司空見慣的事情，然而現在，要是被罰款就誰也吃不消。這跟汽車失去「約會必需品」地位有直接的關係；也是年輕一代人感到「開車不划算」的原因之一。

相比之下，在日本的小鎮和農漁山村，公共交通工具相當有限，除非有私家車，去上班、上學、買東西、看醫生等日常生活都不可能。於是原油漲價的日子裡，鄉下居民感到的壓力加倍大。相信今後在都會和農村之間，私家車擁有率的差距將越來越懸殊。而在整個日本汽車市場，作為實際「移動的工具」的車類無疑占主流地位。也就是說，浪漫汽車的年代恐怕一去不回了。

Chapter 01

單車族激增

從環保的角度來看是可喜的現象，從交通安全的角度來看，卻是令人擔憂的狀況了。

由於原油漲價，自二〇〇八年中，不少日本人放棄私家車，開始騎單車上街了。根據日本自轉車產業振興協會的統計，從二〇〇八年五月起，單車販賣量連月超過二〇〇七年同月的水準。加上單車價格也受原料漲價的影響而提高，該年的總營業額增加百分之八左右。

過去好幾年，日本的單車販賣量有直線下降的趨勢，主要歸咎於少子化。日本的小朋友們三歲就得到平生第一輛單車，然後隨著身高增長，六歲有第二輛，十歲有第三輛，十三歲有第四輛，其單車消費力，往往買了一輛就騎十多年的大人是無法比的。而且給小寶貝買單車的是把他們疼愛得「放進眼睛裡都不覺得痛」（日文成語）的祖父母一輩。爺爺奶奶家和外公外婆家，好比是誰也不肯輸給誰的好敵手，總是爭先恐後地打開錢包，要買最安全可靠、最時髦好看，絕對不比同學們差的高級貨，價格達三萬日圓（約合九千兩百元台幣）也不算貴，對單車行來說無疑是最理想的消費者了。不過，那也是每家的後代越來越少的緣故；把資金集中投下的結果，小寶貝被寵成小皇帝、小公主，也是不分中外的現象。

相比之下，成年日本人買的一般都是最實惠的所謂「媽媽車」，平均價格爲一萬五千日圓左右，才兒童車的一半價錢而已，在超市連不到一萬的貨色都有賣。對東京等大都會的居民來說，一輛普及型單車的價格遠比停車場一個月的租金還要便宜。果然在公共交通相對方便的市區，大家考慮乾脆放棄維修費奇貴的私家車而改用既經濟又環保的單車。

根據日本內閣府的統計，日本家庭的汽車擁有率，於二〇〇四年三月以百分之八十六到了頂峰後開始慢慢下降，二〇〇八年三月底則爲百分之八十五了。這一方面有網路購物普及的影響（如今買東西再也不必開車去商場，打開電腦訂購就行了），另一方面則因環保意識的提高。第三個因素就是許多日本人覺得一年二十萬日圓（約合台幣六萬一千元）的汽車維修費貴得不划算。何況在東京等地，由於大馬路經常堵車，多數人平日坐地鐵上班，只有週末才開車出去的。

最近在日本各城市的大街小巷，經常看到單車響著鈴聲邊提醒行人邊通行的場面。從環保的角度來看是可喜的現象，從交通安全的角度來看，卻是令人擔憂的狀況了。因爲日本行人當中老人佔的比率越來越高，他們被單車撞倒了搞不好就會骨折得住院的，連致命事故都並不罕見。於是警方修改了有關條例，禁止單車通行人行道，也禁止各種危險行爲，其中包括：邊講手機邊騎車、打著雨傘騎車、載著兩人以上騎車。誰料到，最後一項惹了全國媽媽們的大怒氣；她們的單車往往前邊有一個加座，後邊有一個加座，說不定背後還捆著一個小娃娃，都是爲了自己帶孩子出去無可奈何想出的辦法。

歐洲一些國家，單車專用路修得相當完整。在日本，卻至今只有河邊、森林裡等遊覽區才有的。隨著單車人口的增加，政府非得出錢修更多專用路不可了。否則對環境友善的單車，在人行道上成爲老人的隱憂，也成爲媽媽們的冤枉，這怎麼行呢？

Chapter 01

變天了

這一次的大選，在多數日本選民看來，舉行得太晚了。

二〇〇九年八月三十日的日本人選，執政自民黨大敗，在眾議院裡失去了原有議席的三分之二，淪落爲第二黨。反之在野民主黨獲得多數選民的支持，佔有大半的議席，該黨代表鳩山由紀夫成爲新一任日本首相。這次的政變，日本媒體用「地殼變動」一詞來形容，意思是：不僅風向變了，而且時代變了，用中文就是「變天」了。

對自民黨來說，這是自從一九五五年成立以後，第一次失去第一黨的地位。日本過去所謂的「五五年體制」是指國會裡最大政黨自民黨（保守派）和反對黨社會黨（革新派）各佔二比一的議席並互相牽制，然而自民黨的執政地位從不動搖的局面。該體制維持到冷戰結束。隨著世界共產主義陣營的崩潰，日本社會黨的勢力也迅速縮小，名字都改稱社會民主黨了；但是自民黨也沒有因此變得強大。

自從一九九〇年代初，保守勢力開始分裂，以原自民黨幹部小澤一郎爲主，陸續成立了新生黨、新進黨等新政黨。小澤的理念是日本也應該實現跟歐美國家一樣眞正的兩大政黨制，使得政權交替可能。他認爲，這樣子才算是「正常的國家」。後來一九九八年成立的民主黨是原先的社會黨右派和自民黨左派相結合的組織，比較像美國的自由黨。

這一次的大選，在多數日本選民看來，舉行得太晚了。四年前的大選裡小泉純一郎率領的自民黨取得歷史性勝利以後，該黨推出的新領導班子，安倍晉三、福田康夫、麻生太郎，一個比一個無能，把國民經濟弄得一塌糊塗，在外交場合又常丟臉，教選民切齒扼腕。一般認爲，這些政客之如此無能，主要由於他們都是世襲政客，把政治當作從祖先繼承下來的家業而已，甚至視自己爲封建領主。麻生太郎有一次演講的時候，竟稱呼聽眾爲「下層的各位」。

所以，這次民主黨的勝利是日本國民對自民黨的憤怒帶來的。支持民主黨提出的政策而投給他們的選民並不多。大家覺得：不可以再讓自民黨做下去了，非得懲罰一次不可，讓反對黨上台試試看吧，反正在兩大政黨之間，沒有意識形態上根本性的區別，只是方法稍微不一樣罷了。果然這回，自民黨的著名政治人物不分男女老少都落選，輸給民主黨的新人了。僅僅四年前被媒體捧爲「瑪丹娜」而洋洋得意的自民黨女性議員們，這次情勢不利，竟在選民面前跪在地上請求投票，結果還是得不到支持。

不過，民主黨領袖鳩山由紀夫也是個世襲政治家。他父親鳩山威一郎是前外交部長，爺爺鳩山一郎則從一九五四年到五六年擔任過首相。再說，鳩山一郎上台之前做了七年首相的就是麻生太郎的外公吉田茂。鳩山一郎是爲了對抗吉田茂的自由黨而組織民主黨，上台以後把兩黨合併爲自民黨，一九五五年當上第一任總裁的。誰料到，從此以後自民黨佔日本最大黨的地位長達五十四年，最後居然被第一任總裁的孫子鳩山由紀夫率領的民主黨打敗。

鳩山由紀夫顯然不是日本的歐巴馬，民主黨上台以後的表現也是未知數。既然如此，過去半個多世紀基本上一直壟斷寶座的自民黨，這次終於被迫下台，絕對値得全體日本人喝彩。

Chapter 01

大阪選舉

儘管如此，橫山Knock被判刑後沒幾年，又選個電視名人當知事的大阪人教日本其他地方人都驚訝得說不出話來了。

日本國政採用議院內閣制，國家的最高領導人內閣總理大臣（首相）是由國會議員互相投票決定的。被選的一般是最大政黨的領袖。幾個少數黨派聯合起來企圖執政的時候才會出現例外狀況。一九九四年，日本社會黨委員長村山富市就是在那樣的情況下被選爲內閣總理大臣。無論如何，議院內閣制下的首相是黨派之間或者執政黨裡的派系之間妥協的產物。所以，被選出來的往往是個性模糊，但大家都能夠接受的人。在「以和爲貴」的日本，更是如此。

相比之下，國內四十七個都道府縣（東京都、北海道、大阪府、京都府以及四十三個縣，相當於台灣的市和縣）的領袖知事，都由居民直接投票決定，候選人不必是議員，也不必有行政經驗。於是，經常出現社會上有名氣的人如彗星一般登上政治人舞台的情形。

一九六〇年代，透過直接投票當選東京都知事的美濃部亮吉是馬克思主義經濟學者。由現在看來是夠嚴肅的頭銜，當時他卻被媒體形容爲市民派，因爲那是普通市民的政治意識很高的年代。到了一九九五年，被選爲東京都知事的是電視劇本作家兼演員出身的青島幸男。同一年當上大阪府知事的更是搞笑藝人出身的橫山Knock。可見，雖說同樣由廣大市民推舉，但是不同時代的市民具備的政治意識水準不一樣，結果他們選出來的政治領袖的水平也有時會很高，有時會很差。

就一九九五年當選的兩個電視明星而言，東京的青島幸男做起知事以後，連性格都變得好官僚，行政上的表現也令人失望，導致他多年來的同志們公開發表絕交信。大阪橫山的末路則更糟糕了。二〇〇二年，當他第二次參加知事選舉的時候，在公務車上對女大學生志工進行非禮行爲，結果被對方告發，後來不僅民事法庭譴責橫山的性騷擾而命令付一千萬日圓的賠償金，而且檢察廳也起訴了他，法院的判決是由於強制猥褻罪判處一年半徒刑、緩刑三年。

美國的選舉制度也允許電影明星當總統、州長。在日本，藝人翻身爲名政治家的例子也不是沒有。像二〇〇七年從喜劇大王北野武的末座弟子翻身爲九州宮崎縣知事的東國原英夫；歸功於他，宮崎縣的名氣迅速提高，名產也很暢銷。儘管如此，橫山Knock被判刑後沒幾年，又選個電視名人當知事的大阪人教日本其他地方人都驚訝得說不出話來了。

他是三十八歲的電視律師橋下徹，自從二〇〇三年在日本電視台「大家排隊的法律詢問所」上擔任嘉賓走紅，據說一年收入達三億日圓。穿皮夾克、戴墨鏡染褐髮的律師，以激進的發言內容令收聽者注目。他曾說過日本也該擁有核武器，日本男人去大陸嫖妓是對中國的經濟援助等。他在高中時候作爲橄欖球隊員參加過全國大賽；跟女同學私奔結婚的結果有三男四女七個孩子；在著作裡寫過「不會撒謊則不能當律師和政治家」。有趣吧？但是教他去經營將近九百萬人生活的日本第二大城市？我都傻眼了。

01 Chapter

皇室危機

大家看媒體上的報導而以為：能出去在三星級餐廳吃飯，卻不能做公務，難道不是偷懶怠工？

自從二〇〇七年底，日本皇太子大人雅子妃受到來自大眾媒體的嚴厲批評。已經四年多，她由於身心問題很少參與皇室成員本該做的公務，連一月一日全體皇室跟國民一起慶祝新年的活動也大部分都缺席。另一方面，她和家人、朋友以私人身分外出相當多，如一家三口去東京迪士尼樂園玩、晚上出去觀賞聖誕燈飾等。到了年底，當天皇、皇后在宮城裡舉行一年一度的搗年糕儀式時，皇太子夫妻謝絕參加，倒應朋友之邀去了銀座的高級法國餐廳聚餐談笑到午夜。那家餐廳，恰巧剛被法國美食聖經米其林評定爲三星級，名氣特別大，皇太子夫妻光臨的消息幾乎每家媒體都大肆報導了。

然後二〇〇八年二月中，掌管皇室事務的宮內廳長官在記者招待會上，破例提到了天皇家和皇太子家之間的關係。他說：「敬宮愛子內親王（皇太子長女）去宮城的次數非常少，讓天皇、皇后兩位痛心至極。」這問題追溯到二〇〇六年底，天皇在生日記者招待會上的發言：「非常遺憾的是，愛子剛開始上幼稚園，常常得感冒，我們跟她見面的機會很少。」兩個月以後，皇太子回應道：「以後要盡量找機會讓愛子跟兩位見面。」可是，後來的一年裡，皇太子一家人訪問宮城的次數並沒有增加，公共場合和私人場合加起來，總共十五次而已；相比之下，二公子秋篠宮一家人在同一時期進宮謁見多達四十五次。

皇太子家住的東宮御所離宮城開車才五分鐘而已。即使於平民家庭，住在附近的長子帶幼小的孫女來見爺爺奶奶的次數，每三個半星期才有一次的話，恐怕哪個老人家都會不高興。何況老人是國家元首，長子由法律決定成爲下一代的天皇，孫女也有可能將來要坐寶座的。宮內廳長官提到皇太子的時候，用了「綸言如汗」一句話，指的是皇帝說話猶如汗，流出來以後不能收回。這可說是相當嚴厲的批判了，因爲等於說：「皇太子殿下沒有遵守自己做出的諾言。」八天以後，快要過四十八歲生日的皇太子說：「關於進宮頻度，盡量要努力。但是，關於家庭內的私事，我不願意討論更多。」

表面上看來，皇太子成為眾矢之的。實際上，廣大國民對雅子妃越來越不滿意。最大的原因好像在於多數人不理解她病情究竟如何。大家看媒體上的報導而以為：能出去在三星級餐廳吃飯，卻不能做公務，難道不是偷懶怠工？

二〇〇八年四月號的《文藝春秋》月刊舉辦的座談會上，著名精神科醫生齋藤環指出：「雅子妃患有反應性憂鬱症，也就是她找不到生活的目的，除非調整環境則不能治癒。」如果她病因在皇室的環境，那麼皇太子少帶家人進宮，從治療的角度來講是有道理的。可是，他進一步指出的問題使在座的其他專家，如政治學家、歷史家、老資格皇室記者等震撼了一番。齋藤說：「另一個問題是宮中祭祀。像雅子妃那樣理智的高學歷職業女性，對不合理的傳統宗教容易產生拒絕反應。」

日本皇室成員有兩種義務。一種猶如會見外賓，作為國家代表參加社交性典禮。另一種則是繼承宮中祭祀，舉行眾多的神道儀式。哈佛大學畢業的原外交官雅子妃，對前一種義務可說滿積極。然而對於宮中祭祀，顯然採取全盤拒絕的態度，自從二〇〇三年九月起，連一次也沒有參與過。

澳洲記者Ben Hills在二〇〇六年問世的《雅子妃：菊花王朝的囚徒》一書裡提醒了讀者：雅子妃結婚以前很少住過日本。她出生後一年半就跟隨外交官父親移居了莫斯科，五歲時轉去了紐約，雖然八歲回日本後待到初中畢業，但是從十五歲到二十二歲的青春歲月又全在美國麻省波士頓等地度過。有這樣成長背景的女性對古老的傳統和不合理的宗教儀式感到難以接受，是極為自然的反應。果然是皇太子選錯了妻子。結果，他不僅夾在父母和妻小之間，也站在國民和太太之間了。該怎麼辦？

Chapter 01

貴族首相還是白痴殿下？

擁有如此華麗經歷的首相對平民生活的現狀毫不理解，也許理所當然，沒甚麼值得大驚小怪的。他自己都曾說過：「無法想像沒錢的感覺究竟如何。」

日本的前任首相麻生太郎是一九四〇、五〇年代的名宰相吉田茂之外孫，也是一九八〇年代的凡庸首相鈴木善幸之女婿。他妹夫是天皇的堂弟。雖然今天的日本沒有貴族制，把他形容爲貴族應該沒甚麼不恰當了。一九四〇年出生爲九州福岡的煤礦財閥麻生家之長子，六歲上了自己家開的麻生塾，小學三年級就轉到東京學習院來做皇家成員的同學，大學畢業後去史丹福、倫敦大學念書（沒拿到學位），回國後三十三歲擔任麻生水泥公司（現有職工一千六百多人）的董事長，三十九歲被選爲國會議員，期間三十六歲的時候還作爲飛碟射擊選手參加過蒙特利爾奧運會。

擁有如此華麗經歷的首相對平民生活的現狀毫不理解，也許理所當然，沒甚麼值得大驚小怪的。他自己都曾說過：「無法想像沒錢的感覺究竟如何。」問題在於日本全國民眾正遭受著未曾有的經濟大危機。連國內最大的公司豐田汽車都虧損。大學四年級學生們早些時候找到畢業後的工作，由於金融風暴來得突然，還沒上班之前已經被解雇了。許多上班族也擔心到了年底都不會有獎金帶回家。在這麼個經濟環境下，日本大部分家庭非得採取緊縮財政不可的。

然而，經濟西北風一點都不影響貴族首相。他仍舊天天光臨著名餐廳吃飯，每晚去一流飯店的酒吧坐一坐。當被責問首相每晚在飯店酒吧喝酒花很多錢合適不合適，他表示一點都不可理解而說：「飯店酒吧的收費標準並不高呢。比去銀座街頭的俱樂部動員許多警察保衛划算多了。」問題在於麻生首相根本想像不到貧民百姓從來不去飯店酒吧、銀座俱樂部。國會裡有個反對黨議員爲了考一下首相的經濟常識而提問：「您知不知道一個杯麵現在賣多少錢？」麻生的答案果然是：「記得剛上市的時候非常便宜，隨著這些年的物價提高，如今到了四百日圓嗎？」其實，杯麵的市價現在才一四〇日圓（約合新台幣五十元）。在媒體上被嘲笑，爲了挽回名譽，他煞有介事地光顧年輕打工族常去的廉價居酒屋跟老百姓共坐了些時候。出來以後被問吃過甚麼東西了，貴族首相說：「好像是紅燒北花魚甚麼的。」但這種廉價魚類的吃法只有風乾後燒烤。

麻生太郎喜歡強調自己的愛好是看漫畫，曾有幾次站在御宅族的聖地秋葉原街頭演講過，以圖樹立「御宅首相」的形象。儘管如此，喜歡漫畫不一定是平民派的標誌，說不定反而是白痴殿下（如志村健演的）的證據。

最好的例子是麻生內閣施行的「定額補貼」政策，乃爲了刺激國民消費，政府撥款給每個國民一萬兩千日圓（新台幣四千多元）的補貼。這樣子整體花費達兩兆日圓，根本不是連年財政赤字的政府能負擔的數目了。但是白痴殿下一點也不管，只是認爲：「百姓訴苦說沒錢，一律給了補貼不就會高興嗎？」更荒唐的是，反對黨批判說：「給富人補貼不必要也不應該」之際，麻生政府想出來的對策竟然是：「那請富人主動謝絕吧。」原來，由貴族首相看來，富人的定義是每年收入超過兩千萬日圓（新台幣約七百萬元）的家庭。（據政府統計，超過這界限的家庭，在全國占的比率爲百分之一。）然而，日本上班族二〇〇七年的平均年薪爲四百三十七萬日圓，其中年薪不到三百萬日圓的人有將近四成，甚至不到兩百萬日圓的人都超過一千萬人。顯而易見，眞正需要幫助的是這些人，因爲他們才是面對著生存危機。給家計相對寬裕的人同樣數目的一律補貼，不僅道德上有問題，而且對更積極的經濟政策造成阻礙。

也許，麻生太郎根本不是白痴，而只是把選民當作白痴而已。他以爲發了紅包大家自然會支持他。但是他忘了那紅包的來源是國民自己交的稅金。糟糕的是，他內閣的成員一個一個都是世襲的第二代、第三代議員，跟他一樣不理解國民的苦楚。很難期待首相身邊有人糾正殿下的痴行。

Chapter 01

諾貝爾獎和日本人

三位博士的成就讓日本人感到：我們國家還行，能輩出如此優秀的頭腦，偉大的人物來。

二〇〇三年，台灣有家報紙約我寫一篇文章關於「諾貝爾獎和日本人」。我當時在文中寫：「進入二十一世紀以後，連續三年日本都獲得了化學獎、物理學獎。雖然每一個得主依然受到大眾媒體的聚光照明，但是在斯德哥爾摩頒發的獎項多多少少失去了新鮮感。」誰料到，從那年起，連續五年日本連一個諾貝爾獎都得不到了。同時，媒體報導的消息，無論在政治、經濟、外交、治安、教育等哪方面的，都是負面的多於正面的，令人渴望聽到能鼓舞大家的好消息，如獲得諾貝爾獎。

二〇〇八年十月初，瑞典皇家科學院發表了今年的諾貝爾獎得主。十月八號傳出來三名日本物理學家同時得獎的消息。人的常性是「物以稀爲貴」，隔了五年獲得的諾貝爾獎令人感到非常新鮮，無比珍貴。連首相打電話祝賀都忘記說「恭喜」，而是誠懇地說「謝謝！」

這次是日本頭一次的三人共同得獎，好像喜氣也三倍洋洋似的。他們的專業理論物理學，只需要一張紙、一枝筆和一顆腦袋，可以說是日本的拿手戲，以一九四九年的湯川秀樹博士爲開頭，之前也有四個科學家得過諾貝爾獎。三位博士的成就讓日本人感到：我們國家還行，能輩出如此優秀的頭腦，偉大的人物來。

其實，三個得主當中最資深的一位，芝加哥大學名譽教授南部陽一郎是一九五二年去普林斯頓大學留學以後一直住在美國，一九七〇年入了美國籍的。所以，瑞典皇家科學院公布審查結果的時候也說：「物理學獎得主是一個美國人和兩個日本人。」南部博士今年八十七歲，身體仍健康，精神仍煥發，還在從事研究教學事業。他每年兩三次訪問日本，在大阪大學指導年輕學子。

跟一副大師模樣的南部博士相反，另兩個得主益川敏英博士和小林誠博士，給人老頑童一般的印象。尤其是今年六十八歲的益川博士好調皮，剛收到得獎消息的時候，板著臉重複地說：「我並不高興。」然而，第二天在記者招待會上，他忽然開始哭泣著講：「跟尊敬的南部教授能夠同時得諾貝爾獎，我太榮幸了！年輕時候，我曾把他論文看得敲骨吸髓的。」他和今年六十四歲的小林博士，乃名古屋大學的助教和博士生時代起一直做共同研究的：益川博士想出來的理論，由小林博士證實。他們兩位都沒有留學經驗，是純粹日本國產的科學家。特別是益川博士不善說也不善寫英文；非得用英文寫的論文全靠小林博士幫忙，非得參加的國際會議全請小林博士代理出席。所以，益川夫妻至今沒辦過護照，爲了參加諾貝爾頒獎典禮去瑞典，將是平生第一次的海外旅行了。

益川博士爲人古怪，完全符合人們對「瘋狂科學家」的期待。他爲免考慮不必要的事情，每天的作息時間一定要有規律：早晨八點零二分離開家，晚上九點三十六分洗澡。相比之下，小林博士顯得正常多了。連他念中學的女兒也說：「在家，爸爸是愛玩電子遊戲Wii的普通老爸，根本沒想到其實那麼偉大！」小林博士小時候，他父親去世，母子投靠的親戚家有個孩子，長大後成爲前首相海部俊樹。一位親戚接受報紙訪問時說：「想不到我們家既出首相又出諾貝爾獎得主！」

然後十月九號又傳出來了一則好消息：另一位旅美日本科學家下村脩博士獲得了諾貝爾化學獎。下村博士今年八十歲，原子彈爆發的時候他在長崎，天天被動員去軍需工廠上班，結果初中沒有畢業，無法上高中，後來就讀於長崎醫科大學附屬藥學專門部了。他並非帝大等名校出身，三十二歲卻贏得獎學金去美國留學，一九六三年回國做了名古屋大學副教授。可是日本教員的薪資當年只有美國的八分之一，研究環境也差許多，於是他匆匆又遠渡太平洋，後來的四十五年都住在波士頓了。下村博士研究的是海裡的發光生物，爲了收集生息於太平洋的海蜇，他曾每年開來回一萬公里的汽車去西岸，全家老小和學生一起，從早到晚撈海蜇。據報導，下村博士爲研究捕的海蜇總共多達八十五萬隻！

Chapter 002

在廉價與安全之間選擇

農藥餃子事件讓日本人清楚地意識到：我們的生存如今在很大的程度上依靠著中國大陸。如果拒絕不成，非得要找出安全共存的方式不可。

Chapter 02

越窮越胖

如今即使在財政官界，肥胖難看的領導人也不會受到大眾的支持了。

從前在日本，越是富裕的人身體越發福是天經地義的事。窮人則吃不飽飯，結果呈骨瘦如柴的可憐狀。於是當聽到「在美國，上流人士都苗條，只有窮人像吹了氣般地胖嘟嘟」時，我真有點想不通。後來，有機會在北美生活，親眼觀察到麥當勞等出售高熱量快餐的地方，顧客都是中下層人士，一人輕鬆吃兩三個漢堡和大薯條。他們給孩子吃的也很多是高熱量、低營養的「垃圾食品」，而且從小把可樂當開水喝，果然不胖成肥豬一樣才奇怪。

但是萬萬沒想到，用不著多長時間，連日本都會進入「人越窮越肥胖」的荒謬時代。根據最近一期的日本《PRESIDENT》周刊，暢銷書《下流社會》的作者三浦展已經透過一項社會調查證明了這一點。

他的調查對象是從二十歲到四十四歲的男性。對於他們的收入水平和肥胖指數（BMI，即體重（公斤）／身高平方（米^2），超過二十五算是過於肥胖）之間尋找相應關係，得到的結論是：生活水準屬於上層的人士中，肥胖指數超過二十五的有百分之四十七；相比之下，在下層人士中，竟有百分之二十七點二。也就是說，在今天的日本社會，窮人肥胖的概率比富人高出大約一倍。

三浦說：日本社會各階層之間的落差，已經影響到體格、身材上來了，如今看一個人的身材，就大體能猜到屬於甚麼階層。虛胖得吊兒郎當的人幾乎不例外地屬於「下流」。

爲甚麼下層人士才發胖呢？三浦的解釋是：「下流」的特徵是缺乏自律能力，凡事懶散。他們懶得出去買東西，也懶得自己動手做飯，反而天天吃快餐或便利店賣的便當。甚至有人懶得在餐桌上用筷子吃飯，於是一手玩著電腦、手機，另一手打開買來的麵包、飯糰等直接塞進嘴裡去。更有一些人嫌一切都太麻煩，乾脆不吃飯了，卻專門吃高熱量、低營養的零食，果然吃多少也吃不飽，結果不停地吃到胖成跟肥豬一樣。

在社會上層，父母親對孩子的教育、體育、「食育」（日本最近普及的新詞，指關於飲食的教育）都相當關心。然而，屬於「下流」的父母，很多都不管孩子們玩幾個小時的電腦遊戲，也不管他們吃多少零食。三浦指出：有些「下流」人士的生活積極性非常低落，連吃調理包的咖哩都懶得弄熱，寧可直接吃。這種家庭出身的孩子，長大以後往往連點火煮開水都不懂，自然不會做飯，只好靠快餐店、便利店維持生命。同時，「下流」階級看電視的時間較長，經常接觸到關於食品的廣告，不知不覺之間被消費主義洗腦，對高熱量、低營養的「垃圾食品」產生親切感，根本不曉得其害處。

可見，在後現代社會，肥胖等於吃得不健康、活得懶散，屬於「負組」，乃無能的標誌。有知識，有教育，有意志，有能力的人，才懂得保持健康的飲食生活以及正常的身材，而這樣才有可能在事業上成功。如今即使在財政官界，肥胖難看的領導人也不會受到大眾的支持了。三浦說：如果前首相小泉純一郎是個胖子，選民是絕對不會支持他的改革方案，反而一定要揶揄說：「先改革你自己的身材去吧！」

02

Chapter

吃豆芽的日本人

大家買新衣服買得少了，去外面吃飯的次數也少了。即使在家裡自己做飯吃，都要用相對便宜的材料了。

經濟蕭條對日本人生活的打擊越來越嚴重。根據政府總務省發表的家計調查，二〇〇九年日本家庭每月平均消費額爲二十萬日圓（約合新台幣九萬三千元）比前年減少了將近百分之三。平均收入也一年裡少了百分之四點六。第二次世界大戰結束以後，曾經高度成長的日本經濟，經過一九九〇年起前後二十年的低迷期，好像眞要開始走下坡了。

遭了減薪就非得節約開支不可，大家買新衣服買得少了，去外面吃飯的次數也少了。即使在家裡自己做飯吃，都要用相對便宜的材料了。於是在家計調查中，消費額突出增加的商品，果然是超市裡賣價最便宜的蔬菜——豆芽。自從二〇〇七年夏天，豆芽的消費量直線增加，去年日本人吃的豆芽比前年竟多了百分之十。

在日本超市，一包綠豆芽賣三十日圓（新台幣十一元）左右，即一塊豆腐的三分之一，跟兩個雞蛋差不多，相當於二十五公克豬肉碎的價錢。一般日本人吃豆芽是跟肉片一起炒的。但是，經濟緊縮時候，豆芽也會出現在味噌湯，沙拉等多種菜餚裡。不少日本人一吃豆芽就會想起學生時代來，因爲大學附近的廉價飯館賣的定食，一年四季都只有一種蔬菜：豆芽。

連在家裡做飯吃都得節約，父母能寄給孩子的錢也在減少。離開父母家，去外地就讀的日本大學生，去年從家長得到的經濟援助，每月平均爲七萬四千日圓（新台幣兩萬七千元）。這數目比一九八四年還低了一些。也就是說，今天的日本大學生比自己的父母年輕時候窮了。何況，在目前的經濟環境裡，他們能打工賺來的錢也不多。再加上獎學金，平均總生活費爲十一萬多日圓（新台幣四萬一千六百元），這在日本大城市是搞不好就得挨餓的水平了。

他們的伙食費，一個月平均兩萬三千三百五十日圓（新台幣八千五百元），跟一九七六年差不多。一頓飯的費用二百五十日圓（新台幣九十二元）在便利店只能買兩個飯糰而已。所以七成以上的大學生都自己燒飯吃。他們也盡量找餐廳的差事，因爲店方會提供工作時間內的飯。

在日本，把孩子送到外地讀大學，一般每年需要一百九十萬日圓（新台幣七十萬元）到兩百七十萬日圓（新台幣九十九萬元）。讀醫科，牙科會再貴幾倍。除了房子以外，一輩子裡花費最多的項目就是孩子的學費。現在已經有一成大學生根本得不到父母的經濟援助。景氣不好轉的話，恐怕今後會出現很多日本孩子得放棄升學機會了。

Chapter 02

最愛咖哩飯

打仗年代，日本海軍每個星期六午餐規定提供咖哩飯；透過服兵役連農村出身的士兵都喜歡上咖哩了。

日本《朝日新聞》向讀者發問：「你最喜歡吃的家常菜是甚麼？」結果最多人回答說是咖哩飯。

發源自印度的咖哩，經過英國人的改良，十九世紀末傳到了日本來。日式咖哩一般用豬、雞、牛肉之中的一種，跟洋蔥、馬鈴薯、胡蘿蔔一起炒到半熟後加水煮軟，最後放入咖哩塊。吃的時候，一定要配上白米飯。

早期，做咖哩用的香料等只有進口貨。一九二六年，好侍食品公司出售的「家庭用咖哩粉」使這種外來料理迅速普及到日本家庭。至今，該公司在日本咖哩市場上的佔有率超過六成。

打仗年代，日本海軍每個星期六午餐規定提供咖哩飯；透過服兵役連農村出身的士兵都喜歡上咖哩了。到了太平洋戰爭末期，軍國主義歇斯底里瀰漫日本社會，政府禁止國民使用敵國語言，結果不可把咖哩叫做咖哩了，只好改稱「辛辣燴飯」。海軍與咖哩的關係戰後也沒有斷絕；到現在，海上自衛隊每週六的午餐一定是咖哩飯。

一九五四年，S&B食品公司的咖哩塊問世。之前做日式咖哩，先要自己把咖哩粉和麵粉混合而炒熟的。S&B咖哩塊，由咖哩粉、麵粉、油脂和調味料組成，用起來烹調過程簡單多了。在日本，S&B的市場占有率一直有三成左右。小學、中學的營養午餐供應咖哩而最受歡迎。日本學生集體去夏令營，共同做的野餐都是咖哩飯。一九六八年，大冢食品公司利用美國爲太空人開發的技術，開始販賣調理包商品「BON咖哩」。

咖哩逐漸成爲日本的「國民食」，跟原來的印度咖哩、英國咖哩都不大一樣了。比如說，日本人吃咖哩，少不了配上「七神漬」。這種泡菜是把蘿蔔、茄子、刀豆、蓮藕、黃瓜、香菇、紫蘇等七種材料切成小片以後，放入醬油、料酒、砂糖而泡製的。東京上野的酒悅醬菜店賣的瓶裝「七神漬」全國最有名。據說，一九一〇年代在日本郵船的歐洲航線上提供的咖哩配上「七神漬」以代替印度式果醬，則是咖哩和「七神漬」搭配的開始。

在《朝日新聞》的排行榜上，接著咖哩飯之後的第二名是「馬鈴薯燉肉」，乃把豬或牛肉片跟馬鈴薯、洋蔥、胡蘿蔔一起先炒後加水煮熟，最後用醬油、料酒、砂糖調味的。也就是說，跟日式咖哩只是換了調味料而已。第三名是味噌湯；第四名是刺身；第五名是燴飯（把雞肉、胡蘿蔔、牛蒡、香菇、油豆腐等切成小丁，跟醬油、料酒、柴魚湯以及白米一起煮的）；第六名是豚汁（味噌風味豬肉湯）；第七名是烤魚；第八名是餃子；第九名是天婦羅；第十名是關東煮。

《朝日新聞》也問了讀者：「有哪些菜，你雖然喜歡吃，但是最近很少做了？」在前十名裡，果然有五種是油炸食品，如：天婦羅、炸薯餅、炸豬排、炸雞塊、炸牡蠣。這是如今的日本人一怕麻煩，二怕弄髒廚房的緣故。反正，街上有的是商店賣現成的。另外，蒸蛋、散壽司等所需材料種類多，過程複雜的傳統菜餚也越來越少有日本人自己動手做。

Chapter 02

沒有了奶油

媒體紛紛報導奶油市場呈現異常狀態後，政府農產部門才有所行動。

已經好幾個月，日本市場上供應的奶油（butter）越來越少，出現了嚴重缺貨的狀況。在超級市場，原先擺放奶油的地方如今只有人造奶油（margarine）。全國的小學中學，本來打算為學生午餐提供的奶油麵包，非得取消而換成其他主食了。一定需要奶油的蛋糕店老闆們為了採購原料而到處奔走，誰料到提出多高的價錢都買不到，使得生意無法維持；有人憤怒之餘向報社投稿大罵政府農產部門無能。

這次奶油缺貨的起因，追溯到二

〇〇六年的春天。當時，北海道生產的牛奶供應量遠遠超過消費量。結果沒賣出去的生乳大約一千噸白白地往廢水溝丟棄。無比浪費的場面透過電視新聞節目播送到全國家庭。

生乳過剩是近來日本多數人對牛奶敬而遠之的緣故。由於少子化，在學校裡固定喝牛奶的學生人口逐年低落。不少成年女性也爲了減肥而嫌棄牛奶熱量高。另外，美國愛因斯坦醫科大學教授新谷弘實醫生在二〇〇五年問世的著作《不生病的生活》裡指出喝牛奶對身體會有害，轟動了日本社會。該書銷量超過一百萬冊，續集也已問世多本，似乎直接打擊了牛奶消費。

總之，二〇〇六年春天，北海道農協決定：爲調整牛奶生產量而處理一部分乳牛。就那樣，過去兩年裡，日本的牛奶生產量直線減少。大家以爲將會出現供需平衡的和平狀況。

然而，二〇〇七年，世界農業大國澳大利亞遭受旱災，導致了國際飼料價格的暴漲。結果，養牛成本提高，牛奶國際價格都跟著上漲。同時，中國大陸、俄羅斯等國家的經濟正發達，奶製品消費量日趨增加，造成了在國際市場上各國買家爭奪牛奶的局面。

日本的奶製品公司，如雪印、明治、四葉乳業等，本來每年都大量進口相對廉價的澳洲牛奶做奶油的。可是，從二〇〇七年起，進口牛奶漲價，國產牛奶又減產。他們把有限的牛奶首先作爲生鮮飲料出售，然後加工爲利潤相對較高的起司。至於奶油，給奶製品公司帶來的利益最少，因而生產量馬上受了影響。尤其是以批發價格賣出去的業務用奶油，以及不含鹽的蛋糕用奶油等，二〇〇七年入秋前已開始缺貨。

最初，專家都說：過了聖誕節、情人節等蛋糕生產的旺季，情況會好轉。然而至今，奶油供不應求的狀況早波及到零售市場，甚至開始影響學生飲食了。當媒體紛紛報導奶油市場呈現異常狀態後，政府農產部門才有所行動，指示各家奶製品公司釋放出庫存並增加生產。只是，生產奶油一定需要生乳，而正如北海道畜牧業者所說：「牛奶不是從水龍頭出來的。」把乳牛養大成母牛起碼需要兩年時間。

直到一九七〇年代，奶油在日本曾是奢侈品，俗話「奶油味」有洋氣的涵義，當年許多平民其實吃不慣奶油。今天四十歲以上的日本人，小時候塗在土司上吃的一般不是奶油而是人工的代用品。然而，這些年來，飲食生活迅速好轉也急劇西化。如今連拚命減肥的小姐、太太們都要求蛋糕店一定要使用純正奶油，否則不合口味，吃不下。愛吃奶油蛋糕的人，卻不肯喝牛奶。看來，今天世界食品市場之混亂，一部分原因是消費者的肆意荒謬行爲。

Chapter 02

農藥餃子風波

大陸的網路上，很多人寫道：日本人不要中國的東西，就別買了！他們知道，日本人若全然抵制了中國食品，結果只會餓死自己。

中國製造的冷凍餃子含有大量農藥成分，日本三個家庭共十個人吃了以後呈現出嚴重的中毒症狀被送去醫院急救。這案件對整個日本社會帶來的震撼越來越大。

案件是從二〇〇七年十二月到二〇〇八年一月，在日本千葉縣和兵庫縣前後發生的。千葉縣鄰近東京，兵庫則在大阪西邊，相距六百公里；兩個縣份的受害者吃的餃子，商品名稱和包裝都不一樣。但是，原來，兩者都是去年十月，中國河北省石家莊市的天洋食品公司製造的。

日本消費者受到很大衝擊的原因，除了農藥含量超多，會導致生命危險以外，千葉縣的兩個家庭七個受害者吃的餃子，果然是當地「CO-OP」（消費合作社）販賣的。商品名稱就叫做「CO-OP手工餃子」。在日本，關心食物安全的人往往迴避普通商店賣的東西，即使價格貴一些都寧願透過「CO-OP」採購。尤其是「手工餃子」這樣的名稱，傳達給消費者的資訊應該不外是：安全可靠。然而，實際上，CO-OP的商品跟普通超市沒有兩樣，是在中國工廠大量生產以後大批運到日本各地的，誰也不能排除途中發生致命性事件、意外事故的可能性。

「CO-OP」的冷凍餃子是JT（日本煙草）的子公司JT食品協調進口的。這則消息傳出去以後，日本全國的超市都紛紛開始從店面撤走該公司經售的中國製冷凍食品。其中，除了餃子以外，還有串燒雞肉、煮牛筋（用來做關東煮）、鋤燒牛肉（用來做牛肉飯）等；本來大家以爲是傳統日本菜的很多食品，其實在中國做了七、八成以後在日本最後裝配而已。被JT回收的冷凍食品當中，種類最多的是家庭主婦做便當時常用的肉捲等配菜；這證明如今的日本母親給孩子做的「家庭之味」實際上是中國工人做的。接著，各家連鎖餐廳也宣佈，暫時停止供應一些菜餚；小籠包、春捲等中式點心從菜單消失，大家覺得理所當然，可是連西餐洋白菜捲都不見了，因爲原來全從中國進口冷凍貨，到了日本各家餐廳後用微波爐解凍供應而已。

無法否認的事實是：在大家沒注意到之前，日本人的飲食生活早在很大程度上依靠中國食品了，不僅原料如此，而且半加工品、加工品也都如此。接著教育當局發表在日本全國，過去三個月裡把天洋食品公司製造的冷凍食品供應給學生當午餐的小學、中學超過六百所。這則消息叫全國父母目瞪口呆：我們甚麼時候同意過學校給孩子們吃中國製造的冷凍食品？我們沒有同意過，因爲我們沒有被問過。但是，多數日本人現今吃的很多東西，包括母親做的便當在內，都成了中國製冷凍食品的情況下，還有多少個家長有資格譴責教育當局的不愼重決定呢？

大陸的網路上，很多人寫道：日本人不要中國的東西，就別買了！他們知道，日本人若全然抵制了中國食品，結果只會餓死自己。這次的農藥餃子事件讓日本人清楚地意識到：我們的生存如今在很大程度上依靠著中國大陸。光罵也不行，拒絕也不行，非得找出安全共存的方式不可。

02

Chapter

還有秋刀魚

一條才賣一百塊日圓左右，比泡麵還便宜的，一人買一條回家，保證全家吃飽，而且吃得開心，那就是秋刀魚。

這幾個月來日本魚店的慘狀，恐怕外國人是很難想像得到的。（註：此文寫於二〇〇八年九月。）直到二〇〇七年底，只要是大城市稍有規模的魚店，一定都有賣各種各樣的新鮮海產品。甚麼鮪魚、鮭魚、鯖魚、鰤魚、鯛魚、魷魚、章魚，以及螃蟹，蝦米、牡蠣、蛤蜊等等應有盡有的。雖然有些魚種價錢不俗，但總是也有一兩種海鮮捕獲量特別多，結果價格猛跌。魚店售貨員經常叫喊著「暴跌！暴跌！大暴跌！」來推銷應時的海鮮。而在日本，確實每個季節都有應時的魚類，例如：春天的螢烏賊，夏天的鰹魚，秋天的秋刀魚，冬天的鱈魚等，光想起都令人流口水。

然後，二〇〇七年底一些報紙報導說：也許不久日本人就吃不到鮪魚了，因爲中國大陸、俄羅斯等發展中國家開始擁有好強的購買力，在國際海鮮市場上已經出現日本商社競標時輸給外國買家的情形。以往許久，全世界爲海鮮花最多錢的是日本人。一來其他國家的人原先不大愛吃魚，二來作爲經濟大國日本有錢花在奢侈食品上。但是，這兩個因素都已經不存在了。一來在地球上越來越多人愛吃魚（特別是能當生魚片、壽司吃的新鮮海魚），二來日本經濟的相對實力直線下降，如今在世界上更富裕的國家多的是了。二〇〇八年初，在東京築地海鮮批發市場頭一次的拍賣，把最高級的黑鮪魚弄到手的果然不是日本人，而是香港人。但回頭來看，那則消息也只不過是預兆。

過去一年，全世界都有食品價格提高的趨勢。原因是多方面的。全球人口增多、澳洲等農產品出口國家遭旱災、國際投資者把食品當作籌碼等。其中，最要命的是原油漲價。日本漁民買昂貴的原油出航去捕魚，結果往往是虧本，因爲一方面日本海域的魚量比過去少了許多，另一方面魚在日本市場的價格沒有跟著提高。四周都是大海的島國日本消費者一貫認爲魚應該是要多少就有多少的東西，不像非飼養不可的豬牛等家畜。如果在超市賣的魚類價錢比肉類還貴的話，多數日本人覺得不對頭，不願意買的。於是今年夏季有好幾天，日本全國的漁船共同停止出航捕魚，免得白白虧本。

各方面的因素綜合起來，導致了這幾個月來的魚店慘狀。首先，店員叫喊著「暴跌！暴跌！大暴跌！」推銷的不再是鮮魚，而是不知甚麼時候製造的魚乾了。「早餐、便當都合適！」的吆喝聲自然不會引起消費者的興趣。即使把商品換成甜不辣魚餅，或者從中國大陸進口的紅燒鰻魚，都無法使家庭主婦打開錢包。大家詫異：生魚究竟去哪兒了？最近，售貨員喊著「甜蝦！甜蝦！可生吃的甜蝦！」賣的不是能當刺身吃的新鮮生甜蝦，而是早已煮好冷凍過的貨物。怎麼，連蝦都沒有了？

生魚不是沒有的。但價錢確實越來越貴。去年還賣一塊（兩三百公克）五、六百日圓的生鮪魚，現在至少要一千多塊錢了。而且產地也不再是大家熟悉的日本海域或台灣等近海，而是甚麼「美國船舶」「西班牙產」，很令人懷疑：這究竟是不是我們習慣吃的那個鮪魚呢？鰹魚也比去年貴一倍了，金目鯛、槍烏賊都漲價到貴過美國產豬肉、澳洲產牛肉的地步了。日本的食品自給率不到四成，國民能吃到的大多是進口貨。

這個時候，魚店裡竟有一種魚淨是國產品，不是北海道產，就是宮城縣產。而且價錢也特別大眾化，一條才賣一百塊日圓左右，比泡麵還便宜的，一人買一條回家，保證全家吃飽，而且吃得開心，那就是秋刀魚。自從明治維新以前的江戶時代，日本人一貫愛吃這種魚類。傳統「落語」（單口相聲）的老節目「目黑的秋刀魚」，講的就是去郊區目黑打鷹的德川將軍，被農民招待吃的炭烤秋刀魚特別好吃，到後來都念念不忘，卻萬萬沒想到那是貧民大餐，廉價美味的笑話。如今冷藏運輸技術提高，日本人不僅吃烤秋刀魚，也做生魚片或者壽司吃了。還有人用義大利菜的作法在橄欖油裡煎。無論怎麼弄，應時的新鮮海魚特別可口，何況是國產品，而且價格著實「暴跌！暴跌！大暴跌！」

兩難的選擇

日本人的收入減少，生活水平卻沒有低落。尤其是每天的飲食靠廉價中國產品的比率越來越高。

中國大陸製造的冷凍餃子含有大量農藥成分，導致日本十名消費者呈現嚴重中毒症狀被送去醫院險些喪了命。受害者分布於日本西部兵庫縣和東部千葉縣。其中，千葉縣的兩個家庭共七名受害者吃的是當地「生協」（日文「生活協同組合」的簡寫，即合作消費社，俗稱「CO-OP」）的零售部門販賣的「CO-OP手工餃子」。跟商品名稱造成的印象不同，實際上是在中國河北省石家莊市的工廠大量生產、冷凍、包裝，從天津港往日本出口的。

中國出口的食品在海外引起中毒事件這已不是第一次。日本以前也發現過中國產蔬菜、海產品含有被禁止的藥品。不過，這次的案件，從毒品含量之多以及同一袋子裡只有個別幾個餃子被污染等情形來看，不能排除有人故意投入了大量毒品，也就是不擇對象謀殺案件之可能性。中國方面也有官員指出，這是極端分子爲破壞中日關係而做出來的恐怖活動。

經過這次案件，許多日本人才第一次意識到了自己的飲食生活依靠中國的程度究竟多麼高。據統計，日本的食品自給率比多數國家低，以熱量供給率算只有百分之四十而已，比一九六〇年時候的百分之八十低落了一半。相比之下，法國和美國的自給率都超過百分之百，德國有百分之九十一，英國有百分之七十四，連小國瑞士也保持百分之的水平。日本國民爲生存所需要的食品中，只有四成產於國內，其他六成則從國外進口。其中，百分之二十二來自美國；百分之十六來自中國；百分之九來自澳洲；百分之六來自加拿大。這四個國家佔的比率加起來就超過五成。特別是中國對日本的食品出口有逐年增加的趨勢。果然有人說：日本倘若再一次跟同盟國打起仗來，沒開戰之前就自己先餓死了。

自從一九九〇年代，日本經濟長期處於低迷狀態。可是，很多國民在日常生活中沒有眞正感覺到經濟蕭條的影響。主要原因是這段時間裡中國工業發達，把大量商品以廉價往海外出口。結果，日本人的收入減少，生活水平卻沒有低落。尤其是每天的飲食靠廉價中國產品的比率越來越高。於是有個評論家說：中國產品對不景氣的日本經濟起了止痛片的作用。

根據日本法律，商店裡出售的進口生鮮食品應該標示原產國名。每次在其他國家，中國產污染食品造成問題時，日本市場上有「中國產」標誌的蔬菜、海產等都成爲冷門食品。但是，直到這次的農藥餃子案件發生，大部分日本人才注意到，中國也在向日本大量出口冷凍加工食品。據統計，冷凍加工品的進口是一九九七年開始的，而在十年內進口量增加到四倍，如今占全體冷凍食品消費量的百分之十二。

炸蝦、炸烏賊、炸牡蠣、漢堡牛排、高麗菜捲等，常上日本家庭飯桌也常在便當盒裡出現的菜餚，如今不僅在一般家庭，而且在多數餐廳都用冷凍加工品；直接放進熱油中，甚至在微波爐裡加熱一分鐘即可吃，方便極了。日本人愛吃的鍋貼，這些年也是冷凍品壓倒了家裡手工製的。但是，在超市裡賣的時候，所有商品包裝上印的只是日本食品公司的名稱，翻過來仔細看在後邊用特小的字寫的「製造者」欄才能看到中國製造商的名字。

這次的農藥餃子，外面用大字寫著「CO-OP手工餃子」，但實際上是中國工廠大量生產的。雖說並不違反有關法律，但是不少消費者覺得受騙了。在日本全國，「生協」共有一千多家，成員總數達到六千萬。報紙上紛紛刊登氣憤成員投稿的文章：「連標榜保護消費者的CO-OP都不可信任，我們該往何處找安全食品？」不過，「生協」是爲了跟普通商店競爭，非得開發廉價商品的，也爲了壓低成本，才去中國生產的。如果委託日本國內工廠製造同樣的冷凍食品，價錢會貴一倍，市場上沒有競爭力。

顯而易見，在如今的世界環境裡，「物美價廉」的食品非常難得。消費者被迫在「廉價」和「安全」之間做兩難的選擇。

Chapter 02

中華料理

如今年輕一代的日本主婦，竟能做乾燒蝦仁、青椒肉絲、回鍋肉、咕咾肉了？其實不然。

我小時候，姥姥家隔壁有家中餐館叫來來軒。跟當年東京的大部分「中華料理店」一樣，來來軒也主要賣「中華蕎麥（Chuka-soba）」，日式拉麵。在醬油顏色的湯水裡，有稍呈黃色的捲曲麵條。大人們說：「中華麵（Chuka-men）」一定要用一種化學物質叫鹼水，才會有那獨特的顏色、形狀和香味的。麵條上則始終擱著固定的幾樣東西：一片叉燒（廣東音，但實際上不是叉燒，而是煮豬肉）、一些煮乾筍、一張紫菜和一片日本人稱爲「鳴門」的魚餅（日

本瀨戶內海有個地方叫鳴門，以游渦狀的海水著名，「鳴門」魚餅是白底上畫著粉紅色游渦圖樣的）。

我們每次去姥姥家，到了傍晚，幾乎無例外地叫來來軒送晚餐來，乃一人一份的湯麵。母親和姥姥點普通的「中華蕎麥」，父親則點價錢貴五成的叉燒麵，我們小孩只被允許點「中華蕎麥」或餛飩麵（廣東音，但肉餡很少，薄得可憐）。雖然炒飯的價錢也差不多，但是母親說：「家裡可以做的東西，何必花錢買？」絕不讓我們點。另外，來來軒也賣餃子（山東音，但不是水餃而是鍋貼），可是姥姥受不了蒜頭味，而日本中餐館賣的餃子餡裡一定含有大蒜，所以即使父親多麼想叫份餃子當下酒菜，母親都不敢叫的。我當年還是個小孩子，一點也沒察覺其實在來來軒的菜單上，還有廣東麵（中華蕎麥上擱著勾芡的各種配料），天津飯（芙蓉蟹燴飯）等很多種高級菜式，只是節儉的母親從來提都沒有提到過而已。

一九七〇年左右，有一次去姥姥家，來來軒正在推銷一種新商品叫做「湯麵」。父親代表全家叫了一份。果然這種「湯麵」跟普通的「中華蕎麥」不同，沒加醬油而專門用鹽調味的湯水呈現白色，而且麵條上邊擱著大量的炒蔬菜（洋白菜、芽菜、胡蘿蔔絲等）。後來，在東京的中餐館，這「湯麵」成了家家都賣的流行菜式，估計當初來來軒的老闆也是從行家學來的。那次父親說：「最近東京街頭開了許多連鎖麵館叫『札幌拉麵』。聽說麵條很粗，湯水有醬油、鹽、味噌三種味道，上面還要擱奶油、玉米等北海道特產。」那是相對高檔次的館子，而不是來來軒那麼平民化的，結果母親堅持敬而遠之。我是大約十年後上大學，才有機會跟同學一起去吃。

日本的中國菜，最初是十九世紀中期，跟西方商人一起來到橫濱、神戶等開放港口的廣東人傳播的。所以直到今天，日本人講到「叉燒」、「燒賣」、「餛飩」，一定要用廣東音。似乎只有「餃子」是例外。那山東音是二十世紀初住在中國東北的日本移民在當地學的。至於「中華蕎麥」看來有三個來源：一是一九一〇年在東京淺草開張的「廣東蕎麥來來軒」；二是「日式餃子」的故鄉中國東北；三是一九五八年領先出售速食麵「CHICKEN RAMEN」的日清食品公司之創始人安藤百福（吳百福）的故鄉台灣。另外，二十世紀初的東京也曾有過不少寧波人開餐館，其中一些包括神田神保町的揚子江菜館、銀座的維新號，至今還在營業中。所以，寧波菜的影響也不可排除。

日本人開始吃四川菜則是相對最近的事情了。四川人陳建民一九五八年在東京赤阪開的「四川飯店」在日本算是老字號。他也在NHK電視台的「今日料理」節目中介紹過四川菜。我還清楚地記得一九七一年丸美屋食品工業公司最初出售「麻婆豆腐醬」綜合調味料時候引起的大反響。之前大多數日本人聽都沒聽說過甚麼四川菜、麻婆豆腐的。然而，塑膠袋（後來改用鋁箔包）裝綜合調味料上市以後，即使從沒吃過的菜，人人都可以做了。我母親也不例外。她從沒吃過麻婆豆腐，但是從電視廣告得知有這樣的新商品，而且認可其價錢合理，馬上從超市買來一盒，開始經常爲家人做了。

最近我在任教的大學問了日本學生：他們的母親會做哪種中國菜？同學們提到的菜肴有：餃子、炒飯、麻婆豆腐、乾燒蝦仁、青椒肉絲、回鍋肉、咕咾肉。如今年輕一代的日本主婦，竟能做乾燒蝦仁、青椒肉絲、回鍋肉、咕咾肉了？其實不然。被提到的菜式，其實全都有味之素公司 Cook Do牌綜合調味料的。所以，主婦們只要準備魚肉青菜等材料，調味方面可以全盤依靠現成買來的醬，就能在自己的廚房裡再現餐廳的味道。跟我小時候吃過的中華料理只有姥姥家隔壁來來軒的「中華蕎麥」、「餛飩麵」相比，日本人對中國菜的認識深化了嗎？某個角度來說的確是。不過，離地道的中國菜，還差得遠呢。

Chapter 003

無法想像的日本

東京出現未曾有過的百人派遣村，許多大學面臨破產危機，流浪歌人在報上成名，神秘的村上春樹新書……

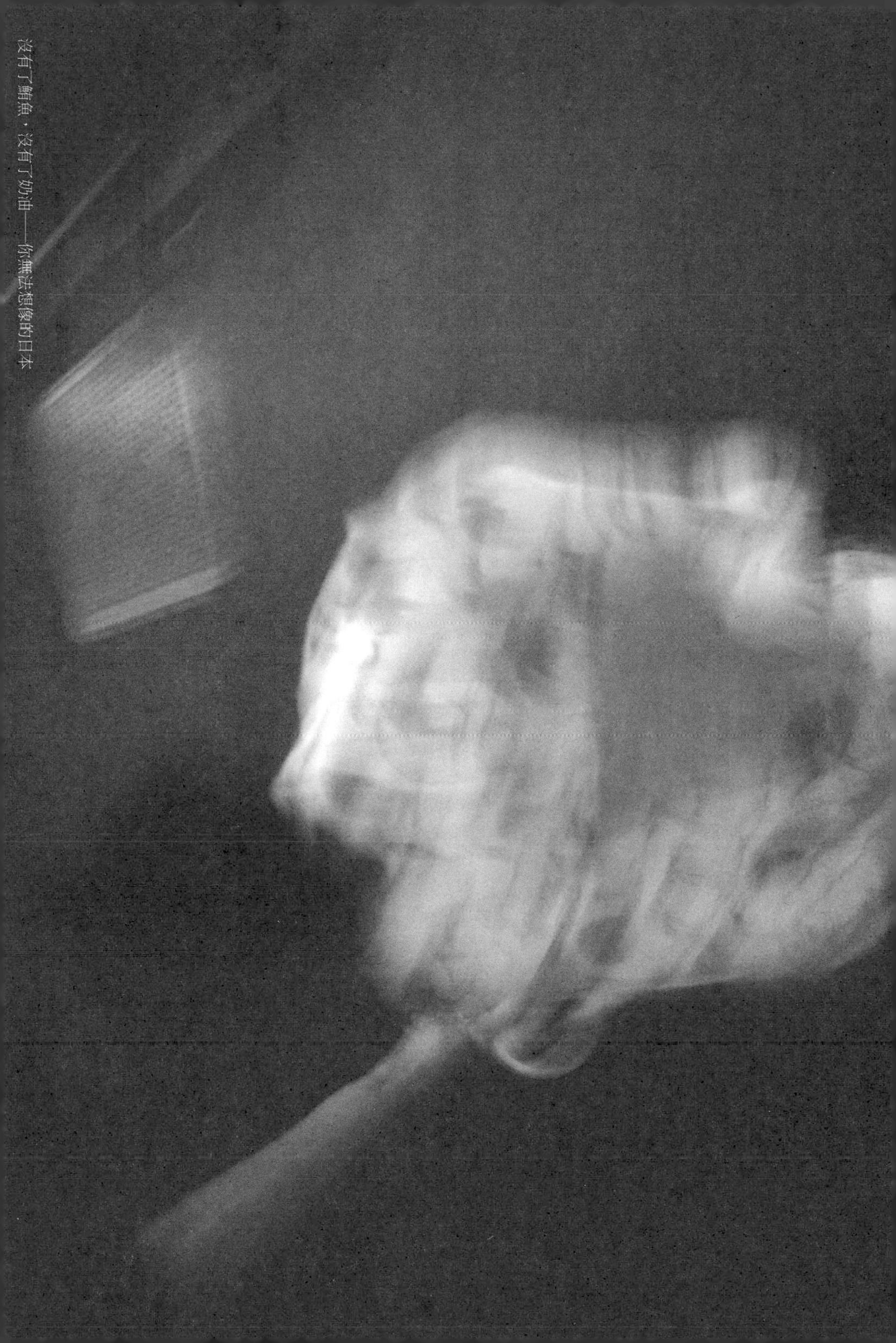

Chapter 03

應考狂想曲

在今天的日本，教育產業是沒有人敢批評的大霸王。畢竟，補習班加上函授班，每年的總營業額竟接近一兆日圓。

我家附近小學的六年級班，自從一月起，每天有大約三分之一的兒童請假。他們不是得了流感，而是要應付初中的入學考試。

日本學校四月開學，每年的入學考試都在一年裡最寒冷的季節舉行。這也是感冒最流行的時候。所以，應考生和家長都好擔心考試之前生病會影響成績。出於此類顧慮，部分家長乾脆不讓孩子上學，免得被別人傳染病毒。這種人，甚麼時代都有。但是，以前大部分家長會覺得：孩子的本分還是上學念書，爲了應付入學考試而長期不上學是本末倒置的，而且班主任的臉色也會很難看。那可說是良知，常識；不僅追求自身利益，同時考慮對周圍學生的影響。

然而，近年來，專門考慮自身利益的任性行爲在日本社會各方面都越來越常見，包括小學教室在內。家長公然跟孩子說：爲了升學，補習班比學校重要。那些孩子，平時從小學下課以後，馬上要去補習班上課到晚上九點、十點。連晚飯都在課間休息的時候匆匆吃便當了事的，當然沒有時間做學校的作業。到了放長假時，更要天天參加特別訓練班，忙得要命，沒時間參加學校安排的活動。班主任批評時，家長會出面抗議。

那些同學到了考試之前一個月，就統統不來上學了。現在也有補習班爲他們白天開課。這可說是會動搖公共教育制度的大問題了。班裡有太多學生請假，其他人學習都受影響。老師的權威難免受損害。然而，在今天的日本，教育產業是沒有人敢批評的大霸王。畢竟，補習班加上函授班，每年的總營業額竟接近一兆日圓。前些時候有位諾貝爾獎得主公開提議：爲了使教育環境健全化，最好用法律禁止民營補習班，結果引起了媒體、網路上的大批判，最後只好閉上嘴巴。教育產業之不可碰跟電子游戲產業（總營業額約七千億日圓）之不可批評，是日本社會的兩大禁忌。太多人靠這些行業吃飯了。

在日本，小學和初中屬於義務教育，本來不必參加考試，可以自動錄取居住地的公立學校。東京等大城市向來有少數私立學校，但是直到一九九〇年代，應考兒童不到百分之十，一個班裡平均只有三個人而已。然而，過去十年，政府文部科學省（相當於教育部）推動的「教育寬鬆化」不受社會的支持，越來越多家長擔心，讓孩子念了公立初中，日後能考上明星高中、大學的可能性會偏低，非得考私立初中不可了。同時，各地開始設立了新的公立六年制中學，以便對抗越來越紅的私立學校。結果，曾經很平靜的小學六年級班，現在平均有兩成同學應考私立或公立六年制中學了。在相對富裕的地區，這比例早已超過一半。最多學校舉行考試的二月初，因為上課的學生太少，校方乾脆停課，讓留校同學辦派對開開心了。

拙劣的教育政策，唯利是圖的教育產業，自我中心的家長，共同造成目前日本的初中應考狂想曲。結果，不僅是小學六年級同學，連五年級、四年級的兒童都把補習班視為救世主，而不再尊重學校老師，不再珍惜跟朋友們玩耍的時間。被奪取了童年，他們以後長大會變成甚麼樣子，現在誰也不曉得。

03

Chapter

入學考試的季節

日本的升學壓力歷來很大。最近因為少子化，按道理學生人口逐年減少，競爭壓力應該緩和下來。但是，現實正相反。

二〇〇八年冬天日本很冷，連相對溫暖的東京也已經下過幾場大雪了。記得去年是暖冬，一次都沒見到雪花，比較起來，今年加倍嚴寒。也許是酷熱的夏天使我們全身的毛孔跟熱帶人一般鬆弛開放了，一被寒風吹著就覺得異常寒冷，特別地不好受。在北海道以及日本海沿海地區，下雪量可眞多，會達到幾米深。一月份去日本海邊嘗一嘗當地冬季特產的美味松葉蟹，結果被大雪所襲，險些不能開車過山回來了。

令人想不通的是，日本各地的小

學到大學，都偏偏要在這一年裡最寒冷的季節舉行入學考試。從一月初，全國的大學報考生參加的「中心試驗」開始，二月一日各所初中舉辦入學考試，二月中旬私立大學、高中舉辦考試，到三月一日公立高中舉辦考試等，日本的冬天從頭到尾有各級學校的入學考試。

由於日本的公家年度從四月一日開始到隔年的三月三十一日結束，各級學校也一律在四月初開學，三月底舉行畢業典禮。很多人指出過，這是日本人酷愛櫻花的心情所致。大家堅信人生重要的轉折點如入學、出社會，應該以盛開的櫻花爲背景。所以，無論有多少人提出公家年度最好跟其他國家保持同步，都不被廣大社會接受。尤其是學校的年度，跟多數國家在九月開學的情形有差不多半年的偏離，對日本學生出國留學造成了很大的障礙；但是，無論多少次有人提出修改方案，日本國會也從來沒有認眞討論過。

在這種情況下，入學考試的日程只好安排在櫻花蓓蕾仍含苞的冬天。可是，這時機對應考生的負擔就非常大了。首先，他們得拚命預防流感；要是考試當天發高燒的話，不僅思考能力會變差，而且說不定被拒絕應考，免得傳染給別人。其次，冬季日本隨時會下的大雪，也會影響到交通工具的運行。於是每次下雪，都有「多少應考生受了影響」的報導。媒體也常報導，電車、巴士等因下雪而誤點，結果某地應考生差一點就趕不上考試開始的時間，幸虧有好心的計程車司機或者騎摩托車的交通警察等主動幫忙，及時送應考生到考試會場。

日本的升學壓力歷來很大。最近因爲少子化，學生人口逐年減少，按道理競爭壓力應該緩和下來。但是，現實正相反。校方爲了避免學生減少導致收入減少，透過補習班呼籲學生們盡量多報考學校，也盡量多參加考試。結果出現的奇景是：每所學校重複舉行很多次考試，如果第一次考試不合格的話，還能參加第二次。校方的目的不外是多收報考費（一人一次三萬日圓，約合新台幣九千元，若考第二次就打折），而有不少家長，爲了給寶貝兒多次的機會，叫孩子同一天上午和下午參加同一所學校的入學考試。也有些親子，上午考完一所學校，下午趕快去考第二所學校，如果當天下雪中途交通受影響的話，他們全家人會多麼焦急。

日本全國有很多中年人、老年人，到了下雪的季節就回想年輕時候參加的入學考試。我則記得小學六年級的冬天下大雪，路上到處結冰，結果跌倒傷了右手。幾天後參加的初中入學考試，因手腕疼痛而成績慘烈，結果名落孫山。

Chapter 03

向東京大學一邊倒

日本的政治、經濟以及文化都越來越向東京一地集中。年輕人眼看這形勢，自然也往東京一邊倒。

每年到三月中，日本各份週刊紛紛出版「重點大學及格者排行榜」，乃把名門學校的及格者人數根據出身高中排列出來的。有幼小孩子的很多家長，看著這些排行榜而考慮：應該把自己的孩子送到哪裡念中學爲好？

據二〇〇八年三月二十八日出刊的《週刊朝日》雜誌，全國最高學府東京大學，今年的新生錄取名額只有三千名，卻有超過一萬個高中畢業生報考，結果競爭率達到了三點四倍（錄取率不到百分之三十）。在三千名幸運兒也就是日本最優秀的十八歲學生當中，兩成以上來自十所明星中學。

及格者人數最多的是東京的私立開成中學（一百八十四名），其次是神戶的私立灘中學（一百零八名），第三名是東京的國立筑波大學駒場附中（七十四名），第四名是東京的私立麻布中學（七十一名）。以上四所全是男校，而且都採取初中和高中一體化的六年制課程。在排行榜上，第五名才出現一所女校，乃東京的私立櫻蔭學園（五十三名）。第六名是東京的私立海城中學和橫濱的私立聖光學園（均四十四名），第八名是奈良的東大寺學園中學（四十二名），第九名則是橫濱的私立榮光學園中學（四十一名）。從第六名到第九名又全是私立男校。在前十名當中，唯一男女合校的第十名愛知縣立岡崎中學（三十八名），也是在前十名裡唯一的公立學校。

在日本全國，多數學生念公立中學，其中多數又是男女合校。可是，從東京大學及格者的排行榜來看，私立男校在學力方面的優勢是再明顯不過的。果然有很多家長要把孩子送進去念書。只是，那些六年制明星中學本身都特別難考。一般在小學四年級時就開始每晚上補習班，以便對付水平和競爭率都奇高的入學考試。

同一期的《週刊朝日》也刊登京都大學及格者的排行榜。在前二十名內的中學全在於關西（京都、大阪、神戶、奈良等）地區，跟東京大學排行榜重疊的只有第一名的東大寺學園中學而已。在東大排行榜上佔第二名的灘中學，雖然位於關西地區，但是只有二十二個人考上了京都大學（第二十三名），可見在該所中學的畢業生眼裡，東大的吸引力遠大過京都大學。

在日本，京都大學的名氣僅次於東京大學。就傳統和研究水準而言，京都大學可以說完全不亞於東京大學的。比如說，日本的諾貝爾獎得主共十二位當中，有五位出身於東京大學，另五位則出身於京都大學（其他兩位是東北大學和東京工業大學的畢業生）。以往，嫌棄東京官場風氣的年輕人往往故意去報考京都大學，以便沉浸於優雅古都的人文風氣。可是，據《週刊朝日》報導，這些年京都大學的人氣直線下滑，今年的競爭率爲二點七倍。這也是連在關西地區，成績好的學生大多要報考東京大學的緣故。

日本的政治、經濟以及文化都越來越向東京一地集中。年輕人眼看這形勢，自然也往東京一邊倒。既然大名鼎鼎的京都大學都受影響，名氣較低的學校，或者小地方的大學等感到的壓力自然大得多了。據報導，日本全國約有一半的大學招生人數不足，面臨著隨時會倒閉的危機。

大學面臨破產危機

為了挽回這局面，目前有不少學校努力吸引外國留學生，以便補充收入。

這些年，日本的私立大學越來越多，升學率也越來越高，但是少子化進行的速度更加快。結果，越來越多大學不能吸引足夠人數的學生。根據日本私立大學團體最近舉行的調查，二〇〇八年四月開始的學年裡，新生人數未滿名額的大學竟有百分之四十七之多。

日本全國目前有五百七十三所私立大學，入學名額共有約四十五萬人。二〇〇八年參加大學入學考試的應考生一共有三百零六萬人，比早一年增加了四萬多（約百分之一）。表面上看來，平均競爭率相當高——大約有七倍。但實際上，這是絕大部分應考生投考多所大學（系），尤其是屈指可數的全國級名校之緣故。

明治大學、早稻田大學、慶應大學等，所謂「東京六大學聯盟」的成員學校，向來在全國應考生之間的人氣非常高。許多地方中學生，即使純粹爲了青春紀念，也要來東京一趟，在名校校園參加入學考試的。

根據調查，位於東京都的各所私立大學，平均的招生額充足率（指入學者佔招生名額比率）爲百分之一百一十六；相比之下，偏僻的四國地區各大學只有百分之八十三而已，可見學生集中擁來首都的現象。同時，應考生偏愛大規模大學的趨向也相當清楚。每一年級的學生名額超過八百人的學校，充足率超過百分之百，但是名額未滿八百人的學校則達不到此標準。問題是，在全國各地的大學當中，小規模學校卻佔了多數。結果，總共兩百六十六所學校的入學人數少於名額。甚至在其中二十九所大學，入學人數連名額的一半都不到。

換句話說，日本全國大約有一半的私立大學，只要報名就誰都能就讀，根本沒有競爭可言了。在這些學校，學生能力自然不會很高。日本已經有不少大學，爲新生開了補充高中教學內容的課，也往往請補習班老師來指導那些學力不足的學生。

其實，位於人氣排行榜上的名校，也有多數教員指出學生水準一年比一年低。原因很清楚。對大學當局來說，兩大收入來源是學生（家長）交的學費和應考生（家長）交的報名費。如今在日本，考一次大學就要交三萬五千日圓（約合台幣一萬元）的報名費，等於在校生半個月的學費了。所以，大學方面要想盡辦法讓多數應考生報名。爲了這目的，越來越多所大學全年舉行好幾次的入學考試，每次以稍微不同的形式進行（或重視面談，或重視推薦書等等）以便吸引不同類型的應考生。但是，早早取得了升學權利的高三學生，以後不會再努力讀書了。過幾個月後上了大學，他們的腦袋裡往往是一片空白，連該在高中學的內容都沒有留下的腦袋，哪裡可能消化得了大學的課程呢？

至於入學人數不到名額的弱勢大學，不僅在學費、報名費上面受到經濟打擊，而且在政府文部科學省按在校生人數支付的補助金上面也會受到打擊。恐怕日本不久就有多所弱勢私立大學破產倒閉了。爲了挽回這局面，目前有不少學校努力吸引外國留學生，以便補充收入。尤其是中國大陸被日本教育界人士視爲最有潛力的「市場」。這年頭，無論是甚麼產業都非得全球化，非得開發擁有巨大人口的中國市場否則無法生存。果然連大學都不例外！

Chapter 03

大學生的夢中企業

在日本的文科大學生之間人氣最高的企業曾經是電通、博報堂等廣告公司，NHK、TBS等電視台，以及野村證券等股票公司。

日本的學年從四月開始。剛上了大學四年級的同學們離畢業還有整整一年。（註：此文寫於二〇〇八年四月）可是，他們的「就職活動」已經進行得如火如荼；使得許多大學教員都埋怨企業奪取學生念書的時光。個個都穿上黑色西服套裝，繫好領帶，提著公事包，彬彬有禮地拜訪各家企業的樣子，跟僅僅幾個月以前身著T恤、牛仔褲，由於失戀哭泣的少男少女，簡直是兩個不同的族群了。

這幾年日本的「團塊世代」即二

次大戰後不久出生的嬰兒潮一代人到了六十歲而陸續離開工作崗位，導致各家企業非得雇用大量職工來補充人才不可。這情形，一方面對大學生來說是再好不過的就業機會；另一方面則教一九九〇年代中日本景氣低迷時期大學畢業的一代人（俗稱「失落的世代」）羨慕不已。

因爲目前的世界經濟狀況相當不穩定，當日本大學生們找起工作來，也不再像二十一世紀初期那樣蜂擁而至新興網路公司、金融企業等，反之大家沿用「挨著大樹有柴燒」的傳統智慧，排隊去敲老字號大企業的門。

根據《每日新聞》向一萬七千多名大學生進行的關於就業的民意調查，在工科學生圈子裡，人氣最高的企業是日本最大的公司：豐田汽車。第二名是化妝品大王資生堂。第三名是聞名全球的SONY。第四名到第十名分別是：KAGOME（番茄醬、番茄汁）；SHARP（電器）；日立（電器）；SUNTORY（洋酒）；松下電器產業（PANASONIC）；三菱重工業；本田汽車。

文科學生們的夢想企業排行榜則相當不一樣。光榮的第一名是旅遊業巨頭JTB（Japan Travel Bureau）。其次是資生堂。第三名是ANA航空公司（全日空）。第四名爲三家銀行合併而成的三菱東京UFJ銀行。第五名是JAL（日本航空公司）。第六名是瑞穗金融集團。第七名是三井住友銀行。下面有豐田汽車、Benesse Corporation（教育產業）、Oriental Land（經營東京迪士尼樂園）。果然在前十名裡，竟有四家屬於旅遊觀光行業；另外三家是銀行。第九名的Benesse公司經營日本最大的函授補習班；恐怕不少大學生，從幼兒園時代起，前後十多年每月都收到過其教材，結果對該公司感到格外親切。

雖說被提名的都是在日本人人皆知的大企業，可是每個時代當紅的行業可不一樣。比方說，如今幾乎成了神話的泡沫經濟時期（一九八〇年代末），在日本的文科大學生之間人氣最高的企業曾經是電通、博報堂等廣告公司，NHK、TBS等電視台，以及野村證券等股票公司。當年，在工科學生眼裡，最有吸引力的是建築業公司，如大成建設、竹中工務店等。那是大家炒股票，炒房地產賺大筆錢，或輸大筆錢的年代。鼓吹拜金主義風氣的是大眾媒體上流傳的廣告。後來，形勢忽然大轉變，經濟泡沫一夜之間破裂到底。廣告業、證券公司、建築公司在人們心目中的地位也隨之猛跌了。

曾經是大家憧憬的對象，現在卻淪落爲冷門的行業，另外還有商社、保險公司、百貨商店等，令人有三十年河東，三十年河西之感。

Chapter 03

未曾有的東京過年派遣村

約兩百五十個無家可歸者帶著全部家當從公園搬進政府大樓的場面，實實在在是近代日本未曾有的。

最近在日本媒體上常看到「未曾有」這詞。最初是二〇〇八年十一月日本首相麻生太郎（外號叫白痴殿下）演講時，提到年初發生的四川大地震，官員寫的原稿裡就用「未曾有」一詞形容受害規模，然而自認不看報紙酷愛漫畫的麻生不知道正確的日語念法該如何，結果當眾念錯，成爲日本全國之笑柄開始的。後來，世界金融危機的影響越來越明顯，社會上處處可見大蕭條將要來的預兆，大家覺得用「未曾有」這詞來形容世情最爲恰當，其中也包括對白痴殿下執政感到的無奈。

由於未曾有的經濟危機，二〇〇八年底的日本首都出現了未曾有的場面。那是政府大樓林立的東京日比谷公園裡搭起的大帳篷，爲無家可歸的失業者提供了暫時的住宿和食物，以及在附近的繁華區銀座的公共浴池金春湯洗澡的機會。據報導，自從金融危機開始，被解雇的製造業工人達到八萬五千人。其中多數是經人力派遣公司介紹去各家工廠上班的臨時工。他們本來住在工廠附設的宿舍，被解雇後非得搬出去。在寒冷的嚴冬期既沒錢又沒住宿的失業工人馬上面臨了生存危機。

以往的日本公司，即使要解雇員工，也不會在年底執行的。因爲對日本人來說，元旦是一年裡最重要的節日，也是全家團聚的日子，其意義相當於華人世界的春節。於是先讓人安寧地過個年，現實的問題稍後再說——那才是傳統的日本企業文化。何況年底年初，日本的機關和企業都休息一個星期左右，失業者申請生活補助，或找新的工作都不可能的。這時候解雇員工，尤其是本來就生活條件較差的派遣工，無疑意味著日本企業失去了良心，令人氣憤不已。

其實，二〇〇四年在小泉純一郎首相執政下，國會通過勞動者派遣法修改方案之前，日本法律是不允許製造業公司雇請派遣工的。一九八八年學美國引進的人力派遣法，當初說是爲了給翻譯等專業人士提供多樣的工作機會。回頭看來，卻是爲了讓企業隨便取捨員工，需要就可要，不需要就可不要的。

義工團體和工會於十二月三十一日開設「日比谷過年派遣村」，爲的是給失業者雪中送炭，也爲的是提醒全國人民目前的社會經濟狀況已差到哪裡了。主辦者說現在的情形可稱爲「社會災害」。結果，超過四百個失業者報到，其中有二十多歲的年輕人，也有三十餘歲的女性。不少人初冬遭解雇後把網咖當作避難所，然而不久花完錢，只好在公共廁所裡過夜。有些人聽到日比谷開設過年村，但是沒有車費只好徒步很遠的路才到達。報到後吃了一碗熱騰騰的「過年蕎麥麵」，也用熱水洗澡，讓他們鬆了一口氣。

由於過年村報到的人數多於主辦者預測，大帳篷無法容納所有人。位於對面而負責民生的厚生勞動省終究不能坐視，決定在休假期間開放禮堂讓失業者居住。約兩百五十個無家可歸者帶著全部家當從公園搬進政府大樓的場面，實實在在是近代日本未曾有的。一月五日政府機關新年第一天上班，光是從「日比谷過年派遣村」去申請生活補助的人就有兩百多人。全國總計雖然目前還不得而知，毫無疑問這是一九二九年的經濟大蕭條後最嚴重的社會經濟危機。

Chapter 03

橫濱流浪歌人

本來住在工廠宿舍的人，一失業就同時失去寓所，其中一部分淪落為流浪漢。

日本的傳統詩歌（和歌、俳句、川柳）向來有許多人愛好。至今多數報紙、雜誌都有固定的讀者投稿欄目。例如《每日新聞》天天刊登的「萬能川柳」，每年的投稿總數竟超過十萬，可見現代日本人仍然對傳統詩歌所著迷的程度。在三種詩歌當中，一般認爲文學性最高的是和歌，擁有追溯到日本最古老的詩集《萬葉集》（公元八世紀）的悠久歷史。

《朝日新聞》每週一的「朝日歌壇」，由四個選者各自選拔十首，總共四十首的優秀和歌。二〇〇九年一月二十六日，三個選者共同推薦了同一首歌，乃「流浪者　公田耕一」的作品：「雖來到『不孝順大街』，雙親已故，又未生育，我只有呆立之份。」「不孝順街」是日本各地鬧區通用的俚語，指年輕人來做壞事令父母哭泣的地方。選者之一永田和宏寫道：「有雙親在，做子女的才能不孝順。第四段『又未生育』表現出萬分的感慨來。」

「流浪者　公田耕一」的作品最初出現在「朝日歌壇」是二〇〇八年十二月八日的事情。「帶著『軟柔的鐘錶』，爲了賑濟咖哩飯，排隊等待兩個小時。」自從世界金融危機以後，日本越來越多人失業。本來住在工廠宿舍的人，一失業就同時失去寓所，其中一部分淪落爲流浪漢。「流浪者　公田耕一」每星期投稿的和歌作品充分反映最近剛失去工作和住所的悲哀。

「不帶鑰匙的生活，早已習慣而過年，終於擺脱的是甚麼？」（十二月二十二日）

「倘若水葬都是物語，我的最後，也辦水葬爲好。」（一月五日）

「人不是爲麵包活，我吃賑濟的麵包邊，爲了生存這一天。」（一月五日）

「被日產解雇，流浪於街頭的巴西人，今晚睡在我旁邊。」（一月十九日）

作品中講到的「軟柔的鐘錶」是超現實主義繪畫的標題，「水葬」則指著第二次世界大戰後的歌人塚本邦雄之作品集《水葬物語》，可見作者文化素養不淺。二月十六日，《朝日新聞》社會新聞版刊登了一篇短文：「流浪歌人先生，請聯絡」。報社規定給投稿作品付報酬。但是，「流浪者　公田耕一」來信沒有寫地址，無法支付稿費，因而請求他主動提供聯絡方式。三月九日的早報則報導：「公田耕一」先生已來信，但是聲明「本人現在沒有勇氣聯絡」。兩次報導都登在星期一，因為之前他投稿的一首歌道：

「跟一百圓商店的『紅色狐狸』比一比，週一才買朝日新聞。」

「紅色狐狸」是杯麵的品種，在一百圓商店買最便宜，相比之下一份一百三十圓的報紙很貴。但是為了看「朝日歌壇」，每逢週一他寧肯挨餓的。

三月二十日的報紙又刊登「流浪者　公田耕一」的作品：「抱著溫暖的罐頭咖啡睡，醒過來喝已冷的咖啡。」旁邊是「美國　鄉隼人」從監獄裡向報社投稿的作品：「身為囚犯的自己，想著『流浪者　公田耕一』吃的HOT MEAL。」他是因謀殺案件在異鄉坐牢的。選者永田和宏寫：「彼此不認識的兩位寫的作品無意中成了一對相聞歌似的。」傳統詩歌對日本人的影響力實在不可低估。

03
Chapter

金融危機打擊弱勢族群

花掉相當於半個大學生活的時間去確保了職位，然後人生計劃忽然大亂的年輕人確實滿可憐。

世界性金融危機對日本社會的影響，在每個階層很不相同。有固定工作的人，基本上還沒感覺到多大影響，恐怕到了二〇〇八年年底拿到獎金時，他們才忽然發覺事情嚴重到甚麼地步而目瞪口呆，否則怎麼今年的數目會這麼少呢？雖然豐田汽車、Pioneer音響等製造業大公司都由於日圓對美元匯率之高漲，出口額大幅度低落，估計今年不會有利益了，但還不至於解雇正式職工。

但是，在一些公司的工廠裡，跟職工並肩做事的非正式雇員，即「派遣社員」，則已經很多都失去了工作。據此間媒體報導，其人數達到三萬人。他們是被人力公司派遣去各家工廠做事的工人，跟製造商本來就沒有直接的雇傭關係。廠方為縮小生產規模而不要了他們的勞動力之際，只需要向人力派遣公司說一下而已，根本不需要直接對工人解釋甚麼，連正式通知解雇都不必要的，更談不上發遣散費。在法律上，那些「派遣社員」從來沒有正式被雇用過，因此沒有了工作也不算失業，結果公家的失業保險金都領不到。日本快要進入嚴冬季了，突然間斷了收入來源，教他們怎麼迎接新年呢？據報導，臨時工人口多在愛知縣、岐阜縣等名牌汽車廠集中的縣份，而不少工人是老遠從南美巴西來祖先出身地打工的日裔人士。

另一批弱勢族群是應屆大學畢業生，實際上他們是還在念大學四年級的學生。日本大公司歷來有個壞習慣，乃所謂的「買青田」現象，與下一年畢業的學生提早約定雇傭關係。在二十世紀的八〇年代，政府和企業團體跟大學訂合約：畢業半年前（即十月一日）方可開始雇用新人。然而，到了全球化的二十一世紀，甚麼自我控制都不運作了，無論是公司還是個人，都想做甚麼就做甚麼。結果，這幾年的日本大學生，剛上了三年級就穿上暗色西裝忙於就職活動，連上課參加考試都不再是最重要了。三年級開始跟各家公司接觸並頻頻參加面談，四月上了最高年級後不久會收到「內內定通知」。正式的雇傭關係即將在一年後的四月一日開始，連半公開確認雇傭計劃（即「內定」）也在半年後的十月一日，提前一年在口頭上約好就叫做「內內定」。之後，學生道德上不可繼續找條件更好的雇主了。

然而，開始工作之前的一年內，忽然來了個金融危機可怎麼辦？一九九七年，大股票行山一證券倒閉，一千多名大學生頓時失去了工作機會。二〇〇八年，雖然日本還沒有大公司倒閉的情形，但是部分企業開始取消「內定」合約了。據政府調查，全國三百多名大學生已收到了取消通知。有些企業給學生提供相當於兩個月薪水的違約金，但是兩個月的薪水只能維持兩個月的生活而已。於是學生們紛紛以個人資格參加工會，企圖透過勞資談判取得更多的賠償。

花掉相當於半個大學生活的時間去確保了職位，然後人生計劃忽然大亂的年輕人確實滿可憐。搞不好，他們下一步得淪落爲「派遣社員」。二〇〇〇年左右，日本經濟很不景氣，對大學畢業生來說是空前的「就職冰河期」。看來，二〇〇八年冬天冰河期要重臨日本了，但願對弱勢族群春天能早一天到來。

Chapter 03

B型人說明書

因為在普通日本人的心目中，性格最獨特而最常引起爭論的就是B型群體。

目前在日本全國的書店，有一本暢銷書，標題叫做《B型人說明書》。在黑底封面上用白色墨水印有挺大的「B」字，下面有一個人橫臥的圖畫，嘴巴附近寫著「吐毒」，心臟附近則寫著「玻璃製，特脆弱」。裡面跟家用電器的使用說明書一般，一行一行地說明著B型人士的典型性格和行爲等。比如說，第一章「基本動作」就列舉：「集體活動時候，忽然開始各自散步」「被別人說『奇怪』而感到光榮」「對沒興趣的事情理都不理」「其實感情上特別容易受傷」等等。第二章以下有「各種設定」「編制程序」「故障對策」等內容。

作者的名字「Jamais Jamais」（法語「Never Never」的意思）顯然是筆名，連性別都保密，出版商文藝社只說作者是東京出身的日本人，現從事建築設計業務。這本書，二〇〇七年九月最初問世的時候，乃作者本人出錢印刷的「自費出版書」，總印數一千本。其中送到市面上書店公開出售的更只有三百本而已。誰料到，東北地方山形縣八文字屋書店的三十一歲女售貨員，看到了文藝社傳眞過來的新書資料，馬上被標題吸引，決定購入五本。她自己也是B血型，直覺特別敏銳；先進來的五本以及後來加訂的五十本都很快就賣光了。本來是自費出版的一本書，在一個月內就登上八文字屋集團共十二家書店的暢銷書排行榜了。

這麼一來，文藝社也注意到該書的市場潛力，決定再版而向全國性大書店推銷。結果東京神田神保町的老字號三省堂書店答應在全國分店販賣。果然在各地，讀者的反應都非常熱烈，《B型人說明書》連續兩個月都成爲三省堂集團暢銷書排行榜上光榮的第一名。

這些年，日本出版界有不少暢銷書是地方小書店的售貨員最初發現的。在小地方證明過市場潛力後，發行單位方面才考慮在廣大市場全面展開。書店售貨員也很自覺爲出版界能做出的貢獻。一方面，他們自己寫宣傳文，手工製造小型廣告牌而放在店裡顯眼位置，以便引起讀者的注意。另一方面，由書店職工組織的非盈利機構每年舉辦與眾不同的文學獎：「本屋大賞（書店大獎）」。二〇〇四年的第一屆得獎作品，小川洋子的《博士熱愛的算式》在短短兩個月內竟賣了一百萬本以後，可以說該獎項在日本的社會地位僅次於權威不凡的芥川獎。

《B型人說明書》已印了第十四刷，總發行量達到三十五萬冊。文藝社也出版同一作家寫的《A型人說明書》，市場上更出現了許多翻版B型書，如：《連自己都不知道的B型眞面目》、《所以，別提到B型！》、《B型女人》等等。看樣子，有關B型的書比起有關其他血型的書更有吸引力，因爲在普通日本人的心目中，性格最獨特而最常引起爭論的就是B型群體。

在日本，最多的血型是A型（百分之四十）、其次是O型（百分之三十）、第三名則是B型（百分之二十），最少的是AB型（百分之十）。儘管多數科學家否定血型和性格有關係，但是自從一九八〇年代起，日本很多人都相信血型是決定性格的重要因素。如今在日本，血型算命的普及度竟超過星座算命。而根據血型算命，A型人士的基本性格是勤勞、O型是開朗、B型是任性、AB型是複雜。如此死板的看法，使不少人感到不舒服，已經開始有人提出「血型歧視」這種概念來表示抗議。而最常遭受「血型歧視」的，恐怕就是B型群體，因爲他們在日本是少數派，但也不是最少數，恰好容易被挖苦。再說「任性」這樣的屬性，在集體主義的日本社會是不被接受的。

據市場調查，購買《B型人說明書》的，以B型人士爲最多，其次是跟B型人士常相處的配偶、同事等。可見，多數人還是受「偽科學」的影響，希望依靠血型來理解自己或親近他人的思路和行爲，尤其是獨特而難以理解的B型人士！

Chapter 03

神秘的村上春樹新書

剛出版後的一個月裡，大家主要談《1Q84》多麼暢銷，而還沒有真正講到它到底多麼好看，如何地好看。

村上春樹新書《1Q84》自從二〇〇九年五月二十九日在日本問世以後異常暢銷。早在還沒出版以前，預約數量就達到一萬。初版冊數本來定爲二十萬（第一本）和十八萬（第二本）。然而，預約數量之大，教出版該書的新潮社決定在發售之前增刷五萬冊。這樣的情形在日本文學界從沒發生過。只有娛樂界大明星鄉裕美暴露私密的書才刺激廣大讀者的好奇心，在發售之前成爲了暢銷書。即使是文學界大明星村上春樹的書，直到七年前的長篇小說《海邊的卡夫卡》爲止，每一本都是發售以後受書評和口碑的推銷才慢慢成爲暢銷書的。

行家認爲這次讀者對村上新書的反應這麼強烈主要歸功於新潮社和作者的市場策略成功。在五月二十九日以前，除了書名以外，關於新書的內容，坊間完全沒有消息。登場人物有誰，主題是甚麼，一點也沒有公布。那顯然是故意造成市場「飢餓感」的戰略。何況之前七年裡，村上春樹沒有發表任何長篇小說，同時每年都有他會獲得諾貝爾文學獎的報導，結果許多讀者都等不及看他的新書了。關於新書傳出來的消息越少，讀者心理上的「飢餓感」越強，大家匆匆忙忙去預約還根本不知道其所以然的新書去了。

《1Q84》這書名，一看就讓人聯想到《1984》那古典的近未來小說。但是數字的「9」怎麼變成了羅馬字母的「Q」（日文讀音跟「9」相同）呢？有人說，大概跟魯迅的《阿Q正傳》有關吧。這幾年日本有些人指出村上春樹受了魯迅的影響。作者本人則沒有肯定也沒有否定。

當五月二十九日《1Q84》終於上市時候的狀況，只能用「一搶而空」一詞來形容，也只好比作《哈利波特》了。在日本全國，無論是哪一家書店，都在半天內就賣光了《1Q84》。大部分讀者連個新書的影子都沒福氣瞧見，只看到了空蕩蕩的書架和

「已售完」的通告。一九八七年《挪威的森林》問世的時候，大紅大綠封面上加了黃金色書腰的上下兩本書席捲了全日本的書店。單行本之後又出了文庫本，總共賣了七百多萬冊日文版。那是誰都看得見的暢銷書。這次的《1Q84》則特別神秘，在幾乎沒有人看到它的情況下，只有印刷量直線提高。發售後才一個多月，第一本的刷量已到了一百零六萬，第二本也到了八十七萬，加起來是一百九十三萬了。

剛出版後的一個月裡，日本各份報紙雜誌上出現了一些書評。可是，大家主要談《1Q84》多麼暢銷，而還沒有真正講到它到底多麼好看，如何地好看。一來是太多人已經看了，二來是太多本來要看這本書的人還沒看到，仔細介紹內容一方面不必要，另一方面不應該。再說，村上春樹的名氣這麼大了，似乎許多書評家都覺得貶他褒他都不容易。唯一清楚的是《1Q84》的成功促進了新一代書迷的誕生。目前在文庫本排行榜上《挪威的森林》的上下冊都仍佔有一席之地。透過新書認識到村上春樹的年輕人，從《1Q84》回到《挪威的森林》，也大概還會去看其他書。出道三十年，正滿六十歲的村上春樹，對他們來說是活在同一時代裡的古典小說家了。

Chapter 03

新流感與日本文化

生活在高溫潮濕加上人口密度高的國土，日本人歷來特別講衛生符合預防病毒蔓延的目的，不能說沒有道理，即使由美國人看來很偏執。

日本的新流感患者人數將近四百名，幸虧大部分人症狀輕微，也沒有人喪命。（註：此文寫於二〇〇九年六月初。）當初戰戰兢兢的日本社會也開始冷靜下來，在地鐵上戴口罩的人都明顯減少了。僅僅幾天前，報紙上還大篇幅報導：由於新流感，口罩供不應求，網路上賣的價格竟漲到十倍。

向來隨聲附和的日本社會，當面對危機之際，來自社會內部的壓力往往大於危機本身。以這次的新流感爲例，每個國家的人都理應懼怕新出現的病毒，但是社會上的反應在每個國家並不一樣。例如在英國，政府官員在國會上就說：口罩的預防效果並沒有科學證據，因而不提倡國民戴口罩。日本政府卻透過傳媒重複通知國民：在公車上等地方最好戴口罩，回到家則一定要用肥皂花二十秒鐘好好洗手。結果，東京還沒有出現一個病人以前，地鐵上已有許多人戴著口罩，導致其他人也不甘落後，匆匆去藥房搶買口罩，結果沒過幾天日本全國的口罩都賣光。

日本人個個戴口罩，花二十秒鐘洗手的現象，在外人看來不可思議，《紐約時報》記者就嘲笑了日本人的偏執。實際上，在日本，來自社會內部的壓力比病毒本身更可怕。大家戴口罩要預防的與其說是新流感，倒不如說是別人的冷眼。

在日本最初染上新病毒的是赴加拿大參加文化交流的神戶高中生。於是神戶和鄰近大阪的小學、中學，紛紛決定全校停課，也取消了全部課外活動。其中，社會反響最大的是修學旅行，乃各所學校爲應屆畢業生組織的集體旅行，一般爲期三天到一個星期。

離神戶、大阪不遠的京都、奈良兩個古都，向來是修學旅行人氣最高的目的地。這次爲了預防新流感，不僅當地學校取消了去外地的修學旅行，而且從全國各地本來要來京都、奈良的學校也取消了修學旅行。這麼一來，影響到總共兩千所學校的幾十萬學生。電視上看到戴著口罩的中學生們在火車站集合後被告知校方的決定而深感失望的場面，社會上很多人同情學生們。再說，對旅遊業的打擊也非常大。

於是五月底，政府教育部就發出通知：由於新流感取消了修學旅行的各所學校，要爲學生感受著想，最好另選時間重新舉行修學旅行。但是，幾百人的集體旅行需要花幾個月的時間準備，取消一次後再籌辦談何容易，恐怕不可能的了。進入了六月，大家都批判前一陣的風氣太過頭，簡直可以說是集體歇斯底里。是的，整個社會的論調改變過來，這回大家都跟著潮流罵日本政府和媒體。

在《每日新聞》專欄裡，東京大學的阪村健教授寫道：每個社會對新病毒的反應是不同文化的反映。生活在高溫潮濕加上人口密度高的國土，日本人歷來特別講衛生符合預防病毒蔓延的目的，不能說沒有道理，即使由美國人看來很偏執。他自己五月份在日本時也跟大家一樣戴上口罩，否則別人會冷眼看待。但是，從成田機場起飛去了歐美城市，他馬上摘掉了口罩，否則別人會以爲是新流感患者。阪村教授用「入鄉隨俗」一句話來解釋自己的行爲，看來合乎人情。「俗」就是文化的意思了。

Chapter 03

新流感與運動會

在開幕典禮上，穿短袖短褲運動裝的高年級同學們全戴著口罩整列傾聽校長訓話，只有唱校歌的時候才可以摘下來。

二〇〇九年入秋以後，日本的新流感案例也一週比一週多，大部分患者爲小學生和中學生，全國每個地區都有小學中學宣佈停課了。一般來講，班裡有了四個學生因新流感而同時請假，從第二天起全班停課四天。如果同一年級裡有兩個班停課了，就整個年級都停課。如果在一所學校裡有兩個年級停課了，那就整個學校都宣佈停課。

在日本，秋天是一年裡天氣最好的時候，順理成章爲運動會的好季節。尤其是一九六四年東京奧運會開幕的十月十日是國家規定的體育節，不少學校就在這一天舉行一年一度的運動會。學校方面九月一開學就爲此做起準備。運動會當天，不僅學生父母而且住在遠方的祖父母也趕來光臨，坐在田徑場周圍的席子上觀戰鼓勵，到了中午全家老小一起在藍天下吃便當補充體力，下午第一個項目一定是家長們參加的拔河了。爲全家三代人準備午飯，做母親的要五點鐘起床煮飯；爲了爭奪盡可能好的座位，做父親的則要趁黑到學校門口排隊等待，七點鐘校門一開就拚命賽跑佔地方攤開席子。也就是說，運動會正式開幕之前，父母的奮鬥是早就開始的。

然而，今年由於新流感和氣候不順出現了許多怪現象。以我兩個孩子就讀的小學爲例，運動會當天，五年級和六年級的同學大約有四分之一請假，所有集體項目，如騎馬戰、集體體操，都事前被取消了。而且爲了防止病毒擴散，校方還下令五年級和六年級的學生都戴上口罩。結果在開幕典禮上，穿短袖短褲運動裝的高年級同學們全戴著口罩整列傾聽校長訓話，只有唱校歌的時候才可以摘下來。家長們從沒看過這樣的情景，自然個個都目瞪口呆。誰料到，就在那個時候，忽然開始下大雨，同學們匆匆到校舍裡避雨，家長們則紛紛收拾席子便當去體育館。雨越下越大，一個小時以後，校長透過廣播宣佈：運動會延期一週，並且從第二天起五年級和六年級停課四天。

新流感的疫情卻沒在四天內減弱，反而傳染到低年級去了。原本延期一週的運動會，因爲有班級停課，決定再延期三天，要在星期二舉行了。大部分家長有工作，爲了參觀孩子的運動會而向公司請假，一般日本人會覺得不好意思。但是，對父母來說，孩子的運動會實在太重要了，無論如何非請假不可。最後，星期二舉行的運動會，仍然有多數家長參觀，甚至也有不少祖父母第二次來觀賞孫兒女的表現。只有高年級的騎馬戰和集體體操，因爲練習時間不夠，校方基於安全起見決定再延長四天，於週六參觀教學時另外舉行。（日本的公立學校，進入二十一世紀後才施行了週休二日，然而在全球經濟蕭條的壓力下，大家怕日本孩子的學力不高會輸給外國學生，從二〇〇九年起恢復了每月一次的週六教學。）

從最初定的日期算，到了第三個週六，學校的運動會終於結束了。可是，新流感還在蔓延，一直有班級停課。日本小學的秋天，除了運動會以外，還有文化祭，每班都要演出話劇、歌劇的。孩子們正忙於背台詞、練演技。可是，到時候，究竟一天能不能演完所有節目，情況眞不容樂觀。

Chapter 004

過去現在未來

在我小時候的日本，幸福是很具體的。幸福也是聖誕老人送來的玩具。當年對父母來說，幸福是家電用品。而後颳起了泡沫經濟的颱風……

这[illegible]了新[illegible]，没有[illegible]一[illegible]你[illegible]去[illegible]像的日本

Chapter 04

東京人與電車

回想當時的東京電車，鋼鐵製車廂外側的顏色個個都令人聯想到好吃的食品。

1 美味電車

小時候，我住在位於東京中西部的新宿區柏木，家附近有高田馬場火車站，乃國鐵山手線的停車場。一九六〇年代，日本電車的車廂都是笨重的鋼鐵製。但山手線的外側，用豆綠色油漆塗得很亮很亮，給人的感覺瀟灑極了。它畢竟是在首都市區繞行的主要鐵路，果然散發著大都會的氣氛。

大約七、八歲開始，我偶爾一個人從高田馬場搭車去葛飾區龜有的姥姥家。龜有在東京東北部。我首先得坐山手線，按順時針方向繞個半周到日暮里車站，然後換坐開往東北的常磐線。總共才一個小時的路程，對小學生來說卻像畢生大冒險。

尤其那常磐線是經過千葉、茨城、福島縣，一直延續到宮城縣，總距離超過三百公里的長途列車，可以說氣派非凡。乘客的樣子也跟山手線不一樣。他們很多是日本北方的農村出身，戰後經濟高速成長時期到東京來謀生，居住於首都東北角所謂「下町」地區的藍領人士，光從表情舉止都看得出多姿多彩的人生經歷。

不過，小學生並沒有理解那麼多，我只是對常磐線列車外側的顏色印象特別深刻。當時的沿線居民把它形容爲紅豆色，用現在的說法應該是巧克力色了。總之很濃很濃，看起來都挺像甜甜蜜蜜的點心。我後來著迷於國內外的長途鐵路旅行，說不定起初是少女時代對常磐線車廂的憧憬，而最迷惑我的竟然是那紅豆色。它似乎在暗示：鐵路會給你嘗嘗很多意想不到的美味。

回想當時的東京電車，鋼鐵製車廂外側的顏色個個都令人聯想到好吃的食品。山手線的豆綠色好比是春天上市的鮮嫩青豆、橫跨首都的中央線快車呈現橘子的溫暖顏色、慢車總武線則是鮮豔的檸檬了。那也許跟當年人對鐵路的感覺有關係吧。汽車時代來臨之前，電車是使我們的生活更方便、更快樂的好東西，通往幸福的橋梁，猶如春天的青豆和冬天的橘子給家庭飯桌送來幸福，或者檸檬的爽快氣味和巧克力的苦甜味給單身男女帶來刺激。

有一天，我又被告知要一個人去姥姥家，龜有一帶的常磐線已經跟地鐵連接，以後我得在西日暮里車站倒車，換坐地鐵千代田線前往了。西日暮里站是山手線田端站和日暮里站之間新添的車站，一切都發亮著。千代田線也是新開通的，銀色的鋁製車廂給人的感覺好輕快，綠色的腰帶也滿酷。但是呢，從此我再也見不到紅豆色的常磐線了。那笨重卻可愛的車身，車廂裡的光線來自溫暖的白熾燈。坐在先進的地鐵裡，被潔淨的螢光燈照射著，我稍微感到現代化的寂寞。

2 國鐵和私鐵

東京的電車有國鐵（後來的JR）和私鐵的區別。在日本，二十世紀初剛鋪設鐵路的時候，各條都是私人公司興辦的。後來，政府鐵道部收購了重要路線，相對不重要的路線則留給民間繼續經營。不同的成長過程，給國鐵和私鐵造成了很不一樣的面貌。

山手線、常磐線、中央線、總武線等我從小常坐的電車均屬於國鐵。小學六年級的夏天，爸爸告訴我：「要搬到新房子去了。但不要緊，妳可以坐電車，照樣上原來的小學，直到明年畢業。」這樣子，我成了私鐵西武新宿線的乘客。

我至今忘不了第一次乘坐西武新宿線時候感到的驚訝。這條鐵路說可愛眞可愛，當時僅由四節車廂編成的小列車，外側是在粉紅底上加了點灰的顏色，地板還是木製塗油的，總體印象樸素得可以，據說是把國鐵作廢的車廂重新修配過的。跟國鐵差別更明顯的是沿線風景。從山手線、常磐線等國鐵列車的窗戶能看到的永遠是大都會的正面：大馬路、高樓、汽車、廣告牌子等。但是，從西武線電車的窗戶看到的卻是住宅區的後影：小巷、平房、自行車、在晾曬的衣服。

我家的新房子所在地中野區沼袋，從起點站西武新宿數是第五個站，從高田馬場則是第四個站，上學只需要乘坐十分鐘的電車而已，完全可算是東京中心區。但是，我直率的感覺是：被流放去了鄉下。否則，怎麼每天上下課的路上都得面對人家在陽台上晾曬的無數內衣、內褲呢！

三十年過去，父母家仍在沼袋。我如今則住在首都幹線鐵路之一，JR中央線沿線了。雖然國鐵因長期虧損而被分割民營化翻身爲JR公司後已有二十多年，但是沿線的風景還是跟私鐵沿線的不一樣。從中央線車窗看到的一直是正在進化的東京：最受歡迎的電腦廣場、時髦分子聚集的連鎖服裝店、新登陸日本的快餐廳。西武沿線的景色則從我小學六年級的夏天基本上沒變。

有趣的是，每年幾次回娘家之際，我乘坐西武新宿線，都感到無比的溫暖和放鬆。這條鐵路始終連接人們的住房和工作上學的地方，在於居家生活和公共活動兩個領域之間，公私中間的曖昧地帶。相比之下，幹線鐵路中央線完全屬於公共領域，乘客都是好緊張的都會戰士，經常擁擠沒位子可坐不在話下，車廂裡的氣氛不時會殺氣騰騰，跟多數人在流著口水半瞌睡的西武線是截然不同的。

3　沿線生活

原國鐵和私鐵的地位，歷來一高一低，在首都東京是不可否認的事實。可是，到了關西大阪，又是完全另外一回事了；阪急電車等私鐵的沿線才是最高級的地段。沒有一個浪漫少女不夢想將來住在阪急沿線的洋房跟帥哥丈夫養隻洋狗，何況阪急電車的外側是比利時巧克力的顏色！

有本書叫做《「民都大阪」對「帝都」東京：作爲思想的關西私鐵》，探討的就是東西兩地私鐵和國鐵擁有的不同地位。作者是我在大學時候的同班同學，現在明治學院大學教授原武史。他開始研究政治思想史的時候，早已是老資格的鐵路迷了；聽說還沒上小學之前，已背得出日本全國鐵路時刻表的全部內容呢。他在講談社的宣傳雜誌《本》上連載的專欄〈鐵道一個話〉挺受歡迎，文中多次談到過東京各鐵路的不同風格。

例如，讓十一歲的我幾乎落淚的西武新宿沿線，原武史小學時候也住過幾年而印象頗爲惡劣。他甚至說，爲了離開西武生活圈而拚命念書，有幸考上了東急電鐵沿線的名校慶應中學的。雖說同樣是私鐵，西武和東急兩條鐵路沿線的氣氛以及人們心目中的地位非常不一樣。東急是連接東京澀谷和橫濱兩地的鐵路，始終有開放港口的自由風氣吹進來。再說，創始時期的總經理五島慶太特別重視文化教育，把多所高等學校招徠到沿線，成功地造成了文化等級高的生活圈，如今日本全國名氣最大的住宅區田園調布就是五島開發的。

相比之下，西武的創始老闆堤康次郎並沒有重視沿線居民的生活文化。結果，直到今天，人們一聽到西武沿線就聯想到的，除了獅子隊棒球場以外只有沿線曾經盛產的「練馬蘿蔔」。原武史非常喜歡開朗洋氣的東急沿線，自從初中時期搬過去後一直住到現在，再也沒考慮離開過。

東京人對當地各條鐵路，可以說幾乎有固定的看法。那麼，外地人來東京，又會怎麼樣呢？

作家村上春樹十九歲時從關西到東京來，上了早稻田大學文學系，最初住在大學附近的民營宿舍，離開那兒以後，便由新宿搭上當年的國鐵中央線往西，在沿線住下來了。一九七〇年前後，全球性學運退潮，嬉皮風席捲先進國家的年代，東京有「中央線三寺」的說法，指的是：高圓寺、吉祥寺、國分寺三個火車站附近出現的嬉皮公社區。跟《挪威的森林》的主人翁一樣，村上本人也在吉祥寺的小房子養著小貓熬過了孤獨的青春時期。後來和女同學結婚，兩人在國分寺車站附近開了家爵士樂酒吧。

當上了暢銷作家以後，村上自己不久就離開中央線，夫妻倆雙雙去海外漂泊多年了。不過，直到今天，來東京求學求職，想要在中央沿線找房子住的年輕人從來沒斷絕過，尤其在文化界。例如我老公，二十歲時跟村上一樣從關西來到東京上大學以後，已經二十多年都在中央沿線生活。和我們有來往的出版界人士也幾乎有一半住在沿線。好像在外地人看來，中央線代表著大都會東京才有的自由，猶如美國加州。

04 Chapter

〈青青校樹〉的現在

進入了二十一世紀後，在全球化的大趨勢下，日本社會的風氣有所改變。

我在日本明治大學開「解讀華語電影」班。二〇〇九年上半年總共鑑賞解說了六部電影，其中有台灣導演侯孝賢的老影片「冬冬的假期」。這部作品給一九九〇年左右出生的日本大學生普遍留下很深刻的印象。尤其在影片開頭，台灣小學生齊聲合唱〈青青校樹〉的場面教他們思考許多問題。例如：爲甚麼台灣人唱日本老歌？

台灣小學生在畢業典禮上唱的〈青青校樹〉，歌詞是張方露寫的中文，旋律則是日治時期留下來的。至於日文原曲〈仰瞻尊高我師之恩〉，最初爲一八八四年日本政府文部省編寫的《小學唱歌集第三冊》所收錄。一般認爲是當時的東京師範學校校長，教育家伊澤修二本人參考蘇格蘭民謠改編的。甲午戰爭後伊澤就任台灣總督府民生局的學務部部長代理，在台北設立了芝山巖學堂。爲了引進日式教育制度，他教給台灣學生的歌曲裡就有〈仰瞻尊高我師之恩〉。

日本戰敗以後，同一首歌翻身爲中文歌詞的〈青青校樹〉，在戒嚴時期的台灣一直保持生命，並且發展出五年級同學和六年級同學對唱的形式來了。「冬冬的假期」是一九八〇年代初的作品。也就是說，現在三十五歲以上的台灣人大概都唱過這首畢業歌的。反之在戰敗後進行民主化的日本，這首歌被視爲對小朋友灌輸封建思想的毒草，搞不好就是軍國主義的種子，因而幾乎被禁止，不再在學校裡教，更不再在畢業典禮上讓學生唱了。

一九五四年製片的日本電影名作「二十四之瞳（二十四隻眼睛）」跟「冬冬的假期」一樣，在影片開頭有一群小學生合唱〈仰瞻尊高我師之恩〉。故事背景是一九二〇年代的日本瀨戶內海小豆島。高峰秀子飾演的小學老師，在課堂上展開厭戰思想而被校長批評，於是戰時離開教壇多年，停戰後才回到學校的。顯然由導演木下惠介看來，畢業歌代表的是師生之間自然產生表露的恩情誼，跟送行士兵時候被強制唱的軍歌形成鮮明的對比。

看來歌曲有自己的生命，不見得被禁止就消失。多年沒有在學校裡教的〈仰瞻尊高我師之恩〉，在日本社會卻一直流傳下來。一九九三年的「高校教師」，二〇〇五年的「女王的教室」等以學校爲背景的日本連續劇，常常作爲插曲使用這首歌。SMAP等多數明星也錄製過〈仰瞻尊高我師之恩〉。至於「二十四之瞳」更作爲電影片、電視劇、卡通片，被重拍過大約十次。而每次都一定出現合唱畢業歌的場面。進入了二十一世紀後，在全球化的大趨勢下，日本社會的風氣有所改變。這些年，部分學校重新開始教這首全用文言文寫的老歌給畢業生了。

我在一九七〇、八〇年代的日本長大，從來沒有在畢業典禮上唱過〈仰瞻尊高我師之恩〉。誰料到三十年後終於會有機會合唱，而且同時用日本、台灣兩個版本合唱。幾個星期以前，政治大學廣播電視學系的老師們來東京訪問，其中幾位是電影專家，我趁機提問有關「冬冬的假期」插曲的一些問題。沒想到對方提出來在場的大家合唱畢業歌。結果呢，日台兩邊的老師們都會唱，而且唱得很有感覺。

04 Chapter

日本音樂之都：濱松

濱松不愧為「音樂之都」，新幹線月台下面就有鋼琴展覽室，走出車站則馬上聽到蕭邦鋼琴曲。

自從二十一世紀初，由於全球化經濟的影響，日本的很多地方小城市逐漸失去競爭力和生命力。這些年訪問各地，往往看到中心區商店街門可羅雀，多數店鋪拉下鐵門暫停營業的寂寥場面，恐怕是被郊區新開的連鎖大商場奪取了顧客的。然而，凡事都有例外。我最近去的靜岡縣濱松市則充滿活力，八十多萬居民享受著高品質、高水準的生活環境。

濱松市位於海龜回來產卵的太平洋岸，東京和大阪的正中間，離兩大都會坐新幹線需要一個半小時左右。十六世紀末，德川家康曾在當地住過十多年，後來平定全國成了大將軍。明治維新以後，發源於濱松的製造業公司非常多。例如，日本三大機車行，本田、鈴木、山葉都是在濱松創業的。由於製造業繁盛，外籍工人可不少，結果在日本全國，日裔巴西人最多的地方就是濱松。

如今濱松自稱爲「音樂之都」，也有道理，畢竟日本生產的鋼琴百分之百全來自這座城市。自從一八八〇年代山葉寅楠製造了第一台國產風琴，一九〇〇年上市了第一台鋼琴以後，濱松就成了日本洋樂器生產的中心地。直到今天，山葉（YAMAHA）、河合（KAWAI）鋼琴、ROLAND電子琴等樂器公司都集合在濱松。各國音樂家參加的國際音樂節在此地舉行。

濱松不愧爲「音樂之都」，新幹線月台下面就有鋼琴展覽室，走出車站則馬上聽到蕭邦鋼琴曲。市內最高的飯店外觀是口琴形狀。在山葉工廠，不僅能參觀鋼琴的製造過程，而且能夠自由試彈第一流的樂器。還有亞洲最大的樂器博物館，展出世界各地的樂器共一千兩百多種，每個小時由研究員邊彈奏邊介紹各種古樂器。

濱松古時叫做「遠江」，指的是日本第十大湖泊濱名湖。這裡的特產鰻魚名氣很大。除了常見的紅燒鰻魚飯以外，還有白燒鰻魚、昆布茶泡飯等。市內有好多家專門店，價錢都很合理。（光明正大是濱松人的共同性格）另外，形狀彷彿鰻魚的西點「鰻魚派」亦聞名全國。多年來的廣告口號「夜裡的零食」暗喻著鰻魚的強壯作用。來濱松的出差客一定要買幾盒帶回去送給同事，期待著女職員撕開包裝紙後發出嬌聲。這幾年，電視台等媒體也大力宣傳「濱松餃子」，乃把多個餃子煎成環形，中間塞了拌豆芽菜的。

我雖然過去在東京、大阪兩地間往來時候經過濱松許多次，然而這次才有了機會下車遊覽。結果眞是大開眼界：街頭乾淨、人們有禮、東西好吃，而且鮮爲人知的觀光點也相當豐富。例如，湖邊溫泉區「館山寺溫泉」、沙灘、洞穴、古剎、大觀音、遊樂園、過湖纜車、八音盒博物館、動物園、大花園等，應有盡有，而且個個都保持著令人佩服的高水平。由於外籍居民多，市內各景點（包括山葉工廠）的說明牌都用日、英、葡、中、韓等多種語言書寫，給外來遊客提供方便。我極力推薦台灣朋友們若有機會一定要去濱松玩一趟。

04 Chapter

淺草與高尾山

對我們東京人來說，淺草也是很特別的地方。

最近一個週日去了淺草，雷門大燈籠附近仍舊是人山人海。除了從日本各地來東京的觀光客以外，外國遊客也眞不少，其中中國大陸人佔的比率正在迅速提高。淺草原來是江戶時代的紅燈街，也以歌舞伎劇院集中而聞名，十九世紀明治維新後，翻身爲近代式鬧區。一八五三年創業的「花屋敷」是全國第一家遊樂園，面積很小很可愛，今天還在營業中。日本第一家西式酒吧則是淺草一丁目一番一號的神谷吧，自從一八八〇年開業到現在，一直提供物美價廉的酒食。如今的日本社會各方面都西化、現代化，國外遊客要尋找有日本味道的地方其實不容易的。所以，旅行社帶他們來淺草很有道理，到這裡就能發現古老的廟宇、有賣日本特色禮品的仲見世商店街，以及特產甜點人形燒、雷米花糖、薯羊羹等。

對我們東京人來說，淺草也是很特別的地方。例如，老東京風味的泥鰍火鍋，是到了淺草的駒形泥鰍等幾家老字號才能嘗到的，而且那些老店的建築也跟古裝片的背景一般有趣好看。還有傳統祭祀用的種種道具，也到了淺草才有得賣。我這次去的目的，主要也是爲了找找神樂舞蹈用的「阿龜（阿多福）」面具，是在新年、豐年祭等場合，穿著花和服的小女孩戴在臉上跳舞的。位於淺草通和國際通交叉口的宮本卯之助商店是一八六一年創業的老字號，現任老闆爲第七代，長期爲宮內廳供應祭祀用品，包括天皇葬禮使用的樂器。果然那裡賣著種種面具，樓上還有展覽世界鼓類的太鼓館。對面的八目鰻本鋪則賣著傳統藥品「八目鰻」，服用後眼睛疾病眞會改善。買「阿龜」面具和「八目鰻」藥丸後到神谷吧喝正宗「電氣白蘭地」，雖然東京的鬧區很多，但是這樣的玩法只在淺草才可能。

這些年來東京的外國遊客，不約而同地去台場、秋葉原、澀谷一〇九等幾個時髦地點，自從二〇〇七年法國米其林旅遊指南書給了高尾山三顆星星以後，去西郊爬山的人也多起來了。這座標高五百九十九公尺的山，向來是東京小學生遠足去的地方。從市區坐一個小時的電車到山腳，健步能走的人花了一兩個小時就能爬到山頂，吃完便當後慢慢下來回家去，恰好是一天的行程，而且另有纜車、登山吊椅，可說是符合男女老少的旅遊勝地。若逢夏天，在山頂上的啤酒屋喝著冷飲遠望新宿的夜景會很浪漫；若是深秋，邊爬山邊欣賞紅葉也滿不錯，到了冬天還可望見夕陽落到富士山頂的所謂「金剛石富士山」。高尾山的森林一直受到保護，是被視爲宗教聖地的緣故。日本傳統的山岳宗教修驗道長期以此地爲修行場地。後來佛教眞言宗智山派開設了高尾山藥王院有喜寺。在高尾山，從山腳到山頂的每間商店都賣「天狗」面具，不同於其他地方只賣紅臉大鼻子的「天狗」，這裡還有綠臉鳥嘴的「烏鴉天狗」，神秘得很。

現在每一年爬高尾山的遊客達兩百六十萬人，比世界任何一座山都多。這麼一來，登山路有時擁擠得跟市區地鐵差不多。其實，東京西部，有魅力的山岳並不止高尾山一座，只是還沒被米其林發現而已呢。

Chapter 04

少子化實現大人兒時夢

大人學生們還是心甘情願，因為他們報名的目的並不是提高演奏技術的水平，而是實現童年夢想。

隨著日本社會少子化的進展，以往專門爲小朋友服務的不少行業公司，正紛紛開始針對大人，要開拓新的市場了。比如說，從前專門賣鐵道模型等男孩子玩具的商店，如今推銷一九六〇年代東京奧運會時期的日本街景模型，顯然要刺激中年男性的懷舊情緒了。四十多、五十幾歲的先生們，在上下班的途中在商場看見自己小時候曾熟悉的物品，如：珐瑯看板、三輪汽車、木頭電線桿子、無軌電車等等的迷你版本，好比碰見了相別已久的初戀對象一般，忽

然被強烈的感情所襲擊，禁不住舊情重溫，連自己都沒意識到之前已經打開錢包購買了價錢不俗的懷舊玩具——而且是整套的。這一類的行爲，用日本的新俚語叫做「大人消費」。正因爲是大人，一看見自己想要的玩具，就能夠一下子全買下來；若是零用錢有限的小朋友們的話，絕對做不到如此奢侈大膽的行爲了。

還有，以前專門錄取兒童學生的音樂教室，如今也紛紛開日間、晚間的大人班，熱烈歡迎家庭主婦以及社會人士在自己方便的時間裡前來學習各種樂器的演奏技術。行家中最大的山葉音樂教室，爲大人開的課程，種類多達三十幾門。除了鋼琴、小提琴、古典吉他等傳統科目以外，還有爵士鼓、電吉他、電腦音樂、奧卡利那笛（即陶笛）、秘魯排笛、搖滾樂隊、福音合唱，眞是五花八門、應有盡有。至於學費，上一堂團體班的費用爲兩千六百日圓（約合新台幣七百四十元），比兒童班的學費稍微貴一些。不過，從另一個角度來看，這價錢也幾乎相當於跟同事一起去居酒屋泡上兩個鐘頭的費用。而且音樂教室爲了配合生活繁忙的大人需要，一般一個月只開兩次或三次班而已，總體經濟負擔並不沉重。

山葉音樂教室在日本，北自北海道南至沖繩縣，每個地方均有分校。光是首都東京就有五十所之多。無論想學甚麼樂器，都相當方便。果然，從小嚮往學樂器，卻一直沒有機會的成年男女，很多都去報名交學費。每個月集體上兩三堂課，而且得加班就不能上課，進度自然不會很快。但是，大人學生們還是心甘情願，因爲他們報名的目的並不是提高演奏技術的水平，而是實現童年夢想。說不定當年由於家境不寬裕，或者得不到父母的同意，總之非得放棄的夢想在幾十年之後終於變成現實，他們就心滿意足了。

大人學生的年紀，從二十幾到七、八十歲都有。有些男性退休以後去敲音樂教師的家門，然後每天練琴，每週上課，每年更參加演奏會。也有些家庭主婦，等女兒嫁出去以後，有一天打開鋼琴蓋，開始自己練習Do Re Mi。幾十年前，當他們養育兒女的時候，鋼琴的價錢非常昂貴，但是即使多貴，許多家長還是爲兒女買了，因爲鋼琴代表優雅的西方文明。後來，在不少家庭，鋼琴成了沒人用的廢物。已有許多年，各家鋼琴行在報紙上刊登廣告要回收那些二手樂器，爲了往發展中國家運過去再出售。如今部分鋼琴在日本家庭被老一輩重用了，應可說是好消息，顯然表示日本的文化土壤比過去肥沃了。

積極歡迎大人學生的不僅是音樂教室。日本全國的芭蕾舞教室也開辦日間、晚間的大人班，給家庭主婦和職業女性提供接觸芭蕾舞的機會。曾經在日本，只有三歲到十幾歲的女孩子才學習芭蕾舞；過了那年齡階段，只有專業的人留下來當老師的助手。原來，在中途離開了芭蕾舞班的女性當中，有不少在心中一直想念芭蕾舞的。還有另一批女性，從小憧憬芭蕾舞但沒有環境學習。她們一聽到各地的教室正在招大人學生，反應很熱烈，紛紛去報名，結果日本全國一下子出現了一群成年芭蕾舞族。

有些人把芭蕾舞當作健身、健美體操之一種而已，但是也有一些人非常認眞，打算下幾年功夫，有朝一日要穿上芭蕾舞鞋踮起腳來。不過，她們跟音樂教室的大人學生一樣，主要是想實現兒時的夢想，或者回到曾經快樂的少女時代去。

Chapter 04

歌聲喫茶再起

在「歌聲喫茶」，客人們隨著領隊的指示，跟著鋼琴、手風琴的伴奏，齊聲合唱種種蘇聯歌曲。

日本還沒有發明卡拉ＯＫ之前的一九五〇、六〇年代，曾經有過一種咖啡館叫做「歌聲喫茶」。最早的一家「燈」在新宿歌舞伎町，本來爲俄國人開的餐廳，後來虧本關門卻留下了一大堆當年蘇聯的唱片。房東的兒子是早稻田畢業的知識分子，覺得俄國餐廳充滿異國情調滿有趣，於是改爲廉價飯館後繼續播放蘇聯唱片給客人聽。當時正逢學生運動、工人運動在全世界興起的年代，許多日本年輕人對社會主義蘇聯心懷浪漫的幻想。加上第二次世界大戰結

束後，從中國東北被拉去西伯利亞從事體力勞動的原軍人，很多都被洗腦成爲共產主義者，他們回國後組織樂隊，在日本各地演出俄羅斯民謠和蘇聯歌曲，目的不外是宣傳革命思想，還受到日本青年的熱烈支持。在那樣一個歷史環境裡，新宿「燈」的客人們不約而同地齊聲唱起翻譯成日文的俄羅斯歌曲，而那風氣馬上傳播到東京以及日本各地去。轉眼之間，日本全國有了上百家「歌聲喫茶」。

在「歌聲喫茶」，客人們隨著領隊的指示，跟著鋼琴、手風琴的伴奏，齊聲合唱種種蘇聯歌曲。其中最有名的〈燈火〉，原來是俄羅斯民歌，後來在第二次世界大戰時期由紅軍詩人塡詞，作爲軍歌膾炙人口的。至於浪漫的日文歌詞則是從西伯利亞回來的原軍人塡的。「**往夜霧的那方告別而去的是勇敢的青年，在窗邊搖晃的燈火下，可見熱戀少女憂鬱的影子。在戰場上發誓過友情，但也忘不了心中的故鄉，回憶中的姿態仍清楚，最愛的少女和祖國的燈火。**」另外也有〈黑色眼睛〉、〈三駕馬車〉等許多蘇聯歌曲曾是日本年輕人圈子裡的流行歌。

然而，一九七〇年代以後，一方面有卡拉ＯＫ的出現，另一方面由於社會主義陣營的沒落，日本「歌聲喫茶」一家接一家地關門，一時幾乎絕滅了。然而這一兩年，當時的青年即日本「團塊世代」到了六十歲左右，紛紛開始用退休金在日本各地開張他們始終忘不了的「歌聲喫茶」。以新宿歌舞伎町的「燈」爲例，一九七七年關門後，退卻到郊區龜戶多年，最近才在新宿東山再起的。結果天天吸引多數「團塊世代」男女，到了週末甚至出現人龍等候入店。在店裡他們喝著咖啡打開歌曲集齊聲唱當年熟悉的老歌，也唱最近流行的新歌。看看二〇〇九年一月的點歌排行榜，第一名是蘇聯歌曲，加藤登紀子在日本歌唱而出名的〈百萬朵玫瑰〉，第二名是〈片栗花〉，第三名則是秋川雅史的〈化爲千風〉。

在京都，五星級大倉飯店舉辦「歌聲喫茶」，一人收費附飲料是三千五百日圓（約合台幣一千三百元），結果顧客盈門。據新宿「燈」表示，日本全國目前有三十五家「歌聲喫茶」。但更多的是跟大倉飯店一樣的移動喫茶店，乃從新宿「燈」等幾個根據地邀請領隊和伴奏樂團來舉辦的。最重要的是給顧客帶來幾百本歌譜，裡面印的當然全是「團塊世代」熟悉的新舊歌曲。經營「歌聲喫茶」需要場地、領隊、伴奏者，所以很難賺錢。好在「團塊世代」老闆們個個都已退休領著養老金，對他們來說經營「歌聲喫茶」不是生意而是愛好。時代變了，歌也變了，但是他們取樂的方式則沒有變。

Chapter 04

公寓大修繕

對日本人來說，房子是最大的財產。為了維持私有財產的價值，大家願意付出金錢和力量來保持建築物的品質和外觀。

我家住在十一樓，周圍沒有其他高層大樓。從餐廳的陽臺望出去，下面有隔壁一橋大學的校園，稍遠處有東京西部的多摩丘陵和秩父國立公園的山麓，最遠處則看得到日本最高峰富士山。當夕陽正落在富士山頂時，窗外的景色簡直就是一幅畫，站在陽臺上看著風景喝下冰鎮的啤酒，我對世界不會有更多的要求了。東京公寓普遍面積小，我家也才八十多平方米（二十幾坪）而已，大小四口子住在四房二廳的小單位，感覺其實很擁擠。然而，就是因爲有第一流的風景，而且離火車站很近，我才特別喜歡，也心甘情願住這裡的。

可是，過去好幾個星期，我從陽臺望出去，什麼都看不見了。連天氣晴還是在下雨都無法知道了。站在陽臺上卻摸得到包住整棟大樓的紗網以及工地鷹架的鐵管子。這就是日本公寓每十二年一次舉行的大規模修繕。爲了洗滌外牆，裝修水泥部分，汰換瓷磚，重新進行防水措施等，要花長達四個月的時間，花五千多萬日圓（新台幣將近一千八百萬）的鉅款，進行自竣工以來最大的工程。

對日本人來說，房子是最大的財產。爲了維持私有財產的價值，大家願意付出金錢和力量來保持建築物的品質和外觀。以我住的這棟樓爲例，自十二年以前竣工起，每個月所有居民都支付管理費和修繕公積金。金額依所佔面積而不同，大約每月一萬日圓的管理費和一萬日圓的公積金，加起來就是兩萬日圓（新台幣七千元）了。十二層高的公寓大樓，總共有六十多戶，乘以兩萬日圓的金額滿可觀。

按日本公寓的慣例，這裡的居民也組織管理公會，輪流擔任理事。任期一年的理事會替全體居民跟公寓管理公司簽署爲期一年的合約，委託全部的管理業務，包括門口、大廳、電梯等共有部分的清潔衛生、裝修電梯、修剪花園裡的樹木等。另外，從週一到週六，從早上八點到下午五點，有公司派來的管理員在門邊小房值班。這些年在我們公寓工作過的管理員都是六十多歲剛退休的半老先生。他們本來在大企業做事，退休以後有養老金，但是身體還好仍願意出來做事賺點零用錢給孫子女的。這些人素質相當好，工作態度很認眞，待人舉止滿有修養。每次居民經過大門時，銀髮的管理員一定喊：「您出去啊」、「您回來了」等，給人的感覺好比住在高級飯店一樣。他們也不時地抓著掃帚、抹布，儘量使這棟樓乾淨漂亮。結果，過了十二年，整體外觀還很新，一點也沒有破舊的感覺。

然而，光是看起來還新是不夠的。外牆、陽臺、走廊等部分長年受風雨的影響，難免逐漸劣化。除非提前及時地做維修，等到有一天出現大問題，那可不得了。大家最大的財產，萬一價值大貶，想賣都賣不出去，或者賣價大大下降了可怎麼辦。爲了防止難堪事態出現，小心翼翼的日本社會主動決定（並沒有法律約束），大約每十二年進行一次大規模修繕。爲了準備大工程，從剛剛竣工的月份起，大家每月都付出修繕分擔金，存在管理公會的銀行戶頭裡。

這一切我理論上完全接受、同意、支持的。自己的財產、自己的生活環境，由居民自己來保持是再好不過的。每月的管理費和修繕公積金加起來數目不小，我也願意付。只是幾個星期以前，一班建築工人爬到我家的陽臺來，開始用鐵管搭鷹架，並用紗網包住了整棟大樓以後，我才真正知道了公寓大規模修繕給居民生活造成的影響多麼大。

已經很多天，洗好的衣服不能晾在陽臺上，非得全拜託乾衣機了。從週一到週六，從早上八點到下午五點，隨時都會有工人在十一樓的陽臺上像蝙蝠俠一般地出現，用錘子打外牆、用高水壓洗滌水泥地面、用發出大聲的電動工具做我不知道到底是什麼的種種事情，然後大量粉塵冒上來。我們在餐廳裡吃東西，忽然看見隔著一扇玻璃門有個戴著安全帽，滿身灰塵的建築工人站著，彼此能不覺得彆扭嗎？所以，每天從早上八點到下午五點，只好關著玻璃門，拉好窗簾。這麼一來，不僅看不到外景，而且不會有風從外面吹進來。東京正逢下梅雨的季節，感覺真是悶死人了。可是，真正悶熱的季節還沒到來呢。我們大樓的修繕工程按計劃要做到八月底。如果發生什麼意外的情況，再往後延遲也完全可能。

我常在家裡寫作，面對電腦撰文時，忽然傳來嗒嗒嗒嗒、咯咯咯咯、嗡嗡等聲音，集中精神談何容易。但是，更慘的是一個人在家帶嬰兒的媽咪了。好不容易把孩子哄睡，馬上就要來嗒嗒嗒嗒、咯咯咯咯、嗡嗡等聲音吵醒寶貝，這還受得了嗎？

以前我一天裡最快樂的時刻是當夕陽正落在富士山頂之際，站在陽臺上看著風景喝下冰鎮的啤酒。如今我一天裡最快樂的時刻是下午五點鐘。建築工人下班，我能打開窗戶時，面對紗網而想像：當大規模修繕終於結束時，遠處的富士山究竟會顯得多麼美麗。

Chapter 04

買衣服？到UNIQLO去！

我在大學的同事們穿，學生也穿，當助理的歐巴桑也穿。

二〇〇九年底要去南台灣一趟，原本的計劃是在亞熱帶避寒。未料，朋友們紛紛告訴我：台灣的冬天跟日本一樣冷，得注意保暖。爲甚麼？海島濕度高，我可以理解。南島沒有暖氣，我也可以理解。但是，聽說台灣冬天也開冷氣。這倒不容易理解（但是記得香港也一樣）。總之，該在皮箱裡裝保暖衣服、內衣和睡衣了。去哪裡購買？

若在三十年前，去住宅區的超級市場如西友、DAIEI，就能買齊全家人的衣服了。現在可不同。由於日本社會的少子化，一般超市都不賣兒童服裝了。但是去了百貨公司，東西不會便宜的。買一個人的衣服也許還可以。但是，爲了全家四口人爲期十天的旅行（而且在冬天）買大量衣服？絕對不行。

於是我跟多數日本人一樣趕到離家最近的UNIQLO分店去，一口氣選買羽絨外套（一件）、喀什米爾毛衣（兩件）、FLEECE睡衣（四套）、HEATTECH保溫內衣（七件）、HEATTECH保溫長褲（六條）、棉內褲（兩條）、棉襪子（四雙）、毛帽子（兩頂），總共二十八件。東西太多了，一個購物籃裝不下，但也沒有推車，只好辛辛苦苦抱到結帳處去。你猜價錢總共多少？是三萬九千八百日圓，換算成新台幣是一萬三千三百元。要是去了百貨公司，說不定就是一件羽絨外套的價錢了。

在經濟不景氣時代，日本的零售商無論是百貨公司還是便利店都面對著經營困難。更不用說名牌時裝店都紛紛搬到中國大陸去了。只有UNIQLO的營業額連年創新高。爲甚麼？原因是多方面的。首先，由於自家製造自家出售的緣故，總體價格非常合理。例如，羽絨外套、喀什米爾毛衣、牛仔褲等，UNIQLO產品的質量大體上跟GAP等中檔次商店差不多，價錢卻才一半而已。其次，獨家開發的新素材質量明顯優良。例如，冬天寒冷的日子裡，穿UNIQLO的FLEECE或HEATTECH衣服覺得最暖和。第三，設計水準滿高，至少不難看，起碼比超市貨色高一等，而不像MUJI（無印良品）專門賣黑色商品，UNIQLO的商品是多色多彩的。第四，商品範圍非常廣泛，有男裝、女裝，童裝、外衣、內衣、睡衣、泳衣、襪子、帽子、拖鞋、背包、雨傘，到了夏天甚至推銷自家設計的棉質和服套裝。再說，UNIQLO的網路商店也特別好用。

當然，世上不常發生奇蹟，UNIQLO也並不是完美的。他們的T恤、襯衫等一些商品不大耐穿，只能穿一年，而且不是最好看的。所以我也不會把所有的衣服全在UNIQLO買。儘管如此，我已經不能想像沒有UNIQLO的生活了。如今在日本，從小朋友到老人家，大概沒有人不穿UNIQLO吧。我在大學的同事們穿，學生也穿，當助理的歐巴桑也穿。我爸爸晚年住院覺得病房冷颼颼，妹妹趕緊出去買毛衣的地方也是UNIQLO。這一定是老闆柳井正（一九四九年生，早稻田大學畢業）之策略成功所致。聽說UNIQLO快要進軍台灣了。我估計應該會成功。

日本人的幸福

那真是多麼幸福的年代。每年收入一定提高。每年有新的家電上市。大家都相信，明天一定會更好。

在我小時候的日本，幸福是很具體的。對一九六〇到七〇年代，東京奧運會剛過後時期的日本兒童來說，幸福是生日的奶油蛋糕。圓圓的蛋糕上面豎起跟年齡同數的各色小蠟燭來，媽媽點上火讓你一口氣吹滅，然後大家拍手唱英文的〈HAPPY BIRTHDAY〉。現在回想，那奶油蛋糕恐怕跟鮮奶油沾不上邊兒，大概是人工黃油加人工砂糖弄成的，說不定還包含著不少防腐劑。但是當年沒人在乎。畢竟，一整個的大蛋糕一年裡只能吃到一兩次而已。

在我小時候的日本，幸福也是聖誕老人送來的玩具。我永遠不會忘記三歲那年收到了會說話的洋娃娃。她背後有條繩子，拉一拉，就會喊出「媽媽」的。多麼高級！再說，裝洋娃娃的盒子上寫著「伊勢丹百貨公司」。那是鄰居一個阿姨向我偷偷暴露的秘密，人家竟然要破壞小孩子的信仰來取得黑色樂趣。不過，對我來說，「伊勢丹百貨公司」跟聖誕老人一樣神秘而充滿洋氣，因爲那兒絕對不是媽媽平時買東西會去的地方。如果你說「伊勢丹」在美國，我都會相信的。

當年對父母來說，幸福是家用電器。有了黑白電視機，下一步想要彩電。於是七月七日七夕傍晚，家中豎起一根竹子來，在細長的葉子上，每人掛上心願的時候，媽媽寫了「請送來一部彩電」。果然沒多久，爸爸買來了日立牌彩色電視機，我永遠也不會忘記，那款式叫做KIDO COLOR。

那眞是多麼幸福的年代。每年收入一定提高。每年有新的家電上市。大家都相信，明天一定會更好。一九四五年日本戰敗以後，社會的復興經過二十多年的奮鬥終於上了軌道。我們過的日子越來越像電視連續劇裡的美國人。對我家而言，幸福的高峰是一九八〇年父母蓋好了房子的時候。兩層樓的木造房子，屋頂上勉強設了可以做燒烤的小陽台。因爲實在太高興，第一個晚上全家七口子每人帶著一條毛毯上去，仰著星星露營了一夜。

而後颳起了泡沫經濟的颱風。之前以勤儉爲榮的日本人，忽然談起投資、投機來。本來大家要的是具體的物品，這回卻追求財富，也就是存摺上，財產目錄上抽象的數字了。爲了擴大內需，瘋狂的消費熱潮也出現了。崇拜「品牌」的風氣從年輕一代開始，很快就席捲整個社會。從此花錢的目的不再是獲得具體的東西，而主要是炫耀財富了。社會風氣越來越膚淺，但是大家都顯得無比幸福，好比在參加沒完沒了的嘉年華。眼看著日本社會的變化，我出國漂泊去了。心裡覺得日本人的生活太空虛，想要建立另一種更腳踏實地的價值觀念。不過，實際上，日本經濟之強大才允許我在海外生存的。即使不領取父母的錢，我賺的往往是日本公司機關的錢。即使賺外國公司機關的錢，大家也重視了我本國的收入以及消費水準。

然後一九九〇年，經濟泡沫突然破裂了。此間媒體把一九九〇年代叫做「失落的十年」。冷戰結束，世界秩序發生了大變化，日本卻一點都沒有採取對策。反而猶如一條懶蟲，明明已經醒來都還裝睡著，爲了迴避正視現實，一心想回到甜蜜的夢鄉中去。我一九九七年回日本定居，深刻感覺到社會風氣跟我小時候很不同了：傳統節日不再受重視，親戚來往幾乎斷絕。但想一想，那不是長期追求美國式小家庭生活，後來爲了祖先留下的一點土地親戚間打了官司所致的嗎？儘管如此，我還是沒想到進入二十一世紀後的社會瓦解竟會這麼嚴重。終於逼迫日本開眼的是二〇〇一年的911事件。後來的幾年，日本好比從美夢直接進入了噩夢。

我二〇〇七年出版了一本書叫做《午後四時的啤酒》，主要提倡緩慢的生活方式。大家早一點下班回家，享受手工食品、家庭生活的樂趣。書中我寫「幸福就是跟心愛的人在一起慢慢品嘗美味而彼此說多麼好吃」。我的想法沒變。再加上「看到孩子成長」就差不多了。但是二〇一〇年的今天，有點不敢公然這麼說，因爲日本社會上，不幸的人實在越來越多了。

二〇〇八年秋天的經濟危機，帶來了年底在東京中心區出現四百個無家可歸者集體露營過年的小聚落。他們不是傳統意義的流浪漢，而是本來有家有工作，卻在這些年的經濟改革中被迫變成沒有任何保障的臨時工，當美國經濟一出問題就受牽連，非得從公司宿舍搬出來，連自己都沒意識到之前失去了一切的原中產階級人士。二〇〇九年的大選中，日本人讓自民黨政權下台，主要是這種狀況慘不忍睹的緣故。但是到了同年底，在民主黨政權下，「過年村」又一次出現，而社會輿論對那批無家可歸者的論調比早一年冷淡多了。

有個小學六年級的日本男孩被問將來的志願說：「能過一般的生活就好，就是不想成爲homeless那樣。」日語沒有相同的詞，只好借用英語「homeless」，因爲過去的日本沒有他們，現在的日本不敢正視他們。我說：「home既是房子的意思，又是家庭的意思。不成爲homeless，就從愛護家庭開始。」男童還是顯得很不安。他父母有工作，生日定有鮮奶油做的蛋糕，每年耶誕節都會收到禮物。但是，他感到幸福嗎？曾經那麼具體的幸福，後來變成抽象，然後難道已經煙消雲散？

Chapter 04

我無法想像老年

雖然早過了不惑之年，對我來說老年仍然屬於長輩。雖然我自己不再年輕，但仍舊無法想像老年是怎麼一回事。

老實說，我很難想像自己到了老年會是甚麼樣子。其實直到三十多歲，我還以爲「上年紀」就是有一天要做中年女人的意思。

曾經十五歲、二十歲、二十五歲的時候，都有自己正在成長的歡樂感覺，再說身邊永遠有揮之不去的追求者。然後，到了三十歲，雖然自我感覺並沒甚麼變化，周圍人的態度似乎有點不一樣了。三十一歲、三十二歲的單身職業女性，看樣子跟她們的妹妹們差不多；照照鏡子，無論是皮膚還是表情，一點都看不出老化的跡象來。但是，周圍人，尤其是男性對我的態度，顯然跟他們對於年輕女孩不一樣的。再說，之前多如牛毛的追求者怎麼忽然間變得寥寥無幾，而且全部都是結過婚的半老男人了？

剛剛過了三十大壽，自以爲充滿著成熟女人的魅力，然而別人家卻把我當作老太婆似的。這可不是性別歧視、年齡主義嗎？難道我們的世界整體患有變童癖，專門被少女迷惑，而沒有能力欣賞成熟女性嗎？我本人當時就那麼懷疑過。可是呢，後來回想，其實周圍人改變態度是有正當原因的。人類畢竟屬於動物界，男追女、女追男終極目的只有一個：生殖。看到三十多歲的女性，人家或許下意識地知道生殖能力已在下降，從這個角度來看，吸引力自然大不如年少的妹妹們了。

自我感覺開始老化，好像是三十五、六歲的時候。早晨梳頭髮，偶爾會發現一兩根白頭髮了。還有拍照片看，不能不注意到自己的面貌一年不如一年。直到三十歲，我們曾是一年比一年好看的。身體成長結束以後，還有人格成熟的過程，於是在文明世界，三十歲的男女大多比二十歲的弟弟妹妹還要好看。這跟原始社會的情形不一樣，在那兒生殖能力最強的青年男女顯得最好看。可是，一旦過了三十五歲的分水嶺，即使是文明人都開始衰老。這是鐵的規律：凡是有生命的存在，必定有一天要開始衰老，總有一天要去世的。唯獨還在成長中的人以為那只是理論，跟自己暫時不相干而已。人生猶如爬山，到了山頂就要下來，除非你成仙。

然後過了四十歲，多數男女感覺到自己的身體開始變化了，不僅在外觀，而且內在也都跟五年前不一樣了。對女性來說，中年時期的身體變化說穿了就是更年期到來。於是去婦產科量血液中的荷爾蒙濃度看看，醫生會說：「還早呢，妳身體並沒老化，現在的症狀只不過是自律神經失調所致的。」但是，自己比誰都清楚：曾經三十多歲的時候，無論開了連續幾晚的夜車，白天至多特別睏而已，怎麼如今睡眠稍微不夠，就有無法忍耐的目眩呢？簡直整個世界都旋轉不停了似的。還有，面部忽然發熱、出大汗等現象，不僅年輕女孩沒有，連少婦都不會有的。這樣子只好承認「我老了。」

但是，那時候看周圍，又不能不注意到：比我大十幾歲，快到退休年齡的人，尤其是女性，看樣子特別充滿了生命力，簡直比正在養孩子的少婦還要年輕似的。於是過去問問到底是怎麼回事？人家就告訴我：「小妹，妳現在真辛苦，既有工作又有家庭，可是過十多年到我們的年齡看看，孩子已經長大了，工作壓力也不高了，人生的麻煩減少了一半，如今我們想做甚麼就做甚麼，今天學畫畫、明天打網球、後天跟一批同齡男女去郊遊，說不定還會遇到銀髮的白馬王子呢！」她們哈哈大笑，讓我們中年妹妹們無限羨慕。究竟哪一天，我們能夠達到那境地呢？

俗話說人到中年雜事多，體會到這句話的滋味，你就是中年人了。正如大姐姐們說，我們目前既有工作又有家庭，而且自己的父母正在度晚年，爲了他們的健康始終提心吊膽。比如說我父母，現在七十多歲。看他們三十年前的照片，由於工作繁忙、家計負擔重等原因，顯得特別疲倦、憔悴。可是，過了六十歲，擺脫了養育孩子的重大責任後，似乎感到人生非常輕鬆，兩口子開始雙雙打扮起來參加赴世界各地的旅遊團了。兩個不會講英語的日本老人，只能跟著揮旗的導遊乖乖走而已。儘管如此，過去十幾年，他們去過的國家有將近一百個之多。甚麼美國、加拿大、英國、法國、瑞士、西班牙、義大利、馬爾他、葡萄牙、希臘、匈牙利、丹麥、冰島、俄羅斯、摩洛哥、埃及、南非、中國、台灣、泰國、韓國、新加坡、澳大利亞、巴西、阿根廷等等，只要是一般人能說出名字的地方，他們大多都去過了。

我也得承認，過去十幾年，正因爲他們每年好幾次參加旅遊團去國外娛樂自己，我甚少有必要陪他們，只要忙於自己的生活工作便可以了。眞是謝天謝地。然而，一年多以前，父親去醫院檢查身體結果發現有癌症。如今每兩個日本人裡頭有一個人會得癌症，而且年紀越大發病率也越高。所以，在理論上而言，癌症輪到我父親也沒甚麼不可思議的。可是，對患者本人來說，得病始終是不可思議，難以接受的，何況父親得的是特別難治的胰腺癌。

記得四十年前，我快要上小學的時候，當時六十多歲的奶奶也患了胰腺癌，那在當時而言是不可救藥的病，患者只好忍耐痛苦到上帝召喚之一刻。過去四十年，醫學的進步非常可觀，跟到了末期才去醫院的奶奶不同，父親是還沒有任何自覺症狀以前就發現有惡性腫瘤、動手術割掉、後來接受化療。但是，進步不一定百分之百都正面。例如，受了美國社會文化的影響，這十來年日本醫生對病人的態度跟之前很不一樣了。以往，如果病人患的是胰腺癌那樣難治的病，醫生則不會把實情告訴本人，反而透過跟患者家人的溝通決定了治療方針等。可是，現在，一切關於病情的諮詢，從頭到尾全由醫生直接跟病人解釋得清清楚楚，也就是美國所謂的informed consent。這麼一來，連術後癌細胞轉移、抗癌劑無效等致命性訊息，醫生也畫著圖畫一一說明給父親聽。我理解公開諮詢是件好事。但是，對病人來說，要忍耐的痛苦比過去複雜得多了。奶奶曾忍耐的身體痛苦父親照舊有，而另外還要忍耐面對事實的痛苦，以及被醫生放棄的痛苦等。

醫生不瞞病人說：「胰腺癌不僅再發而且已轉移到肝臟多處，你過去幾個月吃的抗癌劑也沒起作用，只有副作用。我認爲你最好停吃抗癌劑，這樣反而能享受你平時喜歡吃的食品如壽司，不是更好嗎？」由別人聽來，他的意思再清楚不過。但是，病人自己呢？患上難治的病已經夠殘忍，這樣被醫生直說沒法治了，一個普普通通的東方老人家受得了嗎？父親心中的滋味，我只能猜想，因爲我絕對不忍心直接問他。

二十二年前，我姥姥去世。當年她七十四歲。直到七十歲左右，她也曾非常健康，特別活潑的；每週在家裡跟朋友們演唱日本民謠、經常參加老人會舉辦的巴士旅行，也有一次坐飛機到中國來看過留學時代的我。但是，她七十三歲的時候，住了四十多年的房子被拆掉，只好搬去小女兒家。那樣一來，她跟朋友們見面的機會少了，多半的時候要一個人坐在房間裡看電視。不久，她開始感到身體各處疼痛，去醫院看病，醫生只說是老化所致沒法治。姥姥埋怨醫生說話太殘酷了。但是，周圍人，包括家人在內，都覺得醫生說的有道理。直到一年以後姥姥忽然過世，大家才發覺其實她感到的痛苦是多麼大的。

我過去無法想像未來的自己如何。二十歲的時候看三十歲的人而覺得他們很老；三十歲的時候看四十歲的人也覺得他們很老；到了四十歲看五十多歲的人反而詫異他們怎麼會那麼年輕？但恐怕五十多歲人的現實生活裡，有很多成分是我現在還想像不到的。雖然早過了不惑之年，對我來說老年仍然屬於長輩。雖然我自己不再年輕，但仍舊無法想像老年是怎麼一回事。現在目睹著父母的晚年，也回想起奶奶姥姥的晚年來，我都很難把他們的經驗當自己的去體會。儘管如此，如果可能的話，我恨不得回到二十三年以前去，溫溫和和地安慰訴說腳痛、背痛的姥姥。我也特別想回到四十年前去多陪一個人忍耐了癌症疼痛的奶奶。正如現在我眞想花盡量多時間跟父母談話。大概，他們都過世了之後，我會發覺自己已進入了老年，而那時候的感覺，絕對是我之前想像不到的。

Chapter 005

海的另一邊

壓抑歷史，不談何來何去，人竟會失去記憶的。

6

Chapter 05

革命中國的外國人

這樣的人生道路，究竟百分之多少是自己選擇的，而百分之多少是命運決定的呢？

二〇〇九年是中華人民共和國建國六十周年。日本最近問世的一本書講到鮮爲人知的幕後歷史，那就是長期住在中國大陸的外國人。徑書房出版的《活在中國的外國人——神秘飯店北京友誼賓館》一書，由日本籍譯者小池晴子執筆。她從一九九三年到二〇〇〇年在北京旅遊學院教日文，總計五年住在友誼賓館，期間認識的一批外國人，果然是幾十年的老房客。在中國，他們被稱爲「老專家」。

位於北京西郊的友誼賓館，最初是

爲了招待從蘇聯東歐來的技術人員，由梁啓超的兒子梁思成負責基本設計，一九五四年開始營業的。後來中蘇斷交，友誼賓館的外國專家也變成以日本、歐美、東南亞人士爲主。其中一位日本老專家的來歷，小池在書中講述得相當詳細。

負責《毛澤東選集》、《周恩來選集》、《鄧小平文選》等日文版的川越敏孝，一九二一年在神戶出生，一九四三年京都大學畢業，任職於大藏省（財政部）。翌年他被徵兵去中國東北，在哈爾濱的關東軍學校讀俄語。一九四五年八月日本投降，多數士兵被送去西伯利亞服勞役，川越因懂得俄文，被八路軍留用而從事翻譯業務。當初他要回日本，但是由於國共內戰，無法到遣送船隻起航的港口。

革命初期在中國的外國人，大多從事政治宣傳業務，分別屬於出版、廣播、教育三個部門。川越也從東北被送去北京從事了對日地下廣播，之後轉到外文出版局。一九五〇年代，日本共產黨秘密在北京培養革命要員，川越也在日共領導下做事，被禁止跟日本家人通信。然而，後來中日兩黨之間發生分歧，戰後從日本被派來的成員紛紛跟中共劃清界線回國去了。川越當時留在北京，結果自動被日共除名，成了路線對立的犧牲品。一九七〇年文化大革命延燒時期，他兒子在工廠勞動受傷而死，川越帶太太和女兒回日本去了。這時，他大學時代的朋友們已經在政治、法律、實業等領域上出頭。川越一無所有，但也不肯違背維護了二十多年的政治立場，在東京《毛澤東思想》雜誌編輯部工作所得的收入很低，當女兒上大學之際都無法提供學費。

一九七五年，川越重新應中共中央編譯局的邀請去北京做《毛澤東選集第五卷》的改稿工作。一九七八年鄧小平開始的改革開放，實際上否定了他多年來支持的毛澤東路線。蘇聯解體後，國際共產主義運動全面瓦解，在社會主義市場經濟政策下，中國社會也完全變了樣。川越二〇〇四年於北京去世，在八寶山革命公墓進行了葬禮。享年八十三。

如果沒有戰爭，大概川越會做一輩子的日本官僚。如果沒有學俄語，他一定會被送去西伯利亞服勞役，也許在那兒喪命，也許幾年後回日本。總之都不會成爲毛澤東主義者的。但幾乎被強制的政治思想，後來卻被中共自己否定了。小池晴子寫道，川越直到晚年，在北京友誼賓館的住房都穿著太太親自縫的和服，而到專家食堂吃飯的時候才改穿中山裝。掛在他客房牆上的匾額是清代書畫家鄭板橋的「難得糊塗」。這樣的人生道路，究竟百分之多少是自己選擇的，而百分之多少是命運決定的呢？

Chapter 05

上海既白

這次在上海，我偶爾會忘記自己身在中國大陸，因為走在上海街頭的感覺，跟在東京、香港、台北、新加坡等其他國家的城市非常相似了。

雙城記

二〇〇九年夏天，我去了上海十天。這之前最後一次上海之行是一九八七年，也就是中間相隔了二十二年。結果，同一座上海在我眼裡卻像是兩座城，展現出當時和現時的雙城記。記得一九八七年春天的上海，跟中國其他地方一樣在進行反對資產階級自由化鬥爭，到處貼著紅色大標語。二〇〇九年的上海則是世博會前夕，整座城市爲了進行美化倒成爲全世界最大的工地。

從一九八二年到一九八七年我曾經每年都有機會去上海。記得八三年底認識的當地待業青年阿鵬，有一次在淮海路的梧桐樹下，邊走路邊跟我說：「上海趕上東京起碼需要五百年了。」當時我還是個漢語初學者，對於中國人常用的「五百年」這數量詞頗感新鮮，所以印象特別深刻。同一次在上海，我也學會了另一個漢語單詞「口罩」，清楚地記得學習地點爲浦東渡輪碼頭。當年的黃浦江東岸還連一棟高層大樓都沒有，滿是灰塵的大荒野，大家戴著口罩低頭走路的。我也在碼頭小賣部比手畫腳地購買一個，然後向售貨員提問：「這東西叫什麼？」誰料到那片荒野一九九〇年代以後竟然翻身爲中國的曼哈頓，即將建造多如天上星星的摩天樓。連五十年都用不著，上海至少在這一點上早已超越東京而凌駕於世界任何大都會了。阿鵬你現在在哪裡？

在一九八三年底的上海，我也結識了兩個自稱香港人實爲偷渡客的粵籍小夥子阿德和阿成。我們結隊去錦江俱樂部（即租界時代的法國總會）裡珠寶盒一般華麗的游泳池、桌球室等，獨佔場地玩得瘋狂。改革開放初期的中國凡事內外有別滿嚴格，唯獨外來遊客（包括港澳同胞，但台灣同胞還沒有正式登場）能自由出入屬於老上海的娛樂設施。當時的錦江俱樂部多年未經裝修，破舊得有點像鬼屋，或者說曾經無比漂亮的女人上了年紀以後神經出了點毛病的樣子。今天舊法國總會已經變爲上海花園酒店，衣冠不整者不得進入的，何況是揹著背包的窮大學生和來路可疑的偷渡客。

等等等等，我講起舊上海的回憶就喋喋不休。但是，這次相隔二十二年訪問上海卻甚少有重遊舊地的感慨。反之，我感到迷惑不解，好像到了另一個星球似的，或者說曾經熟悉的那座城市怎麼也找不到了。上海這些年來的變化實在非常大，應該說是根本性的。站在南京路街頭看左右，我就是不能把今天的景觀跟二十世紀八〇年代的記憶連接起來沉湎於懷舊。由我看來，舊的南京路消失了，新的南京路出現了。中間發生了什麼？難道是一場革命？

黃浦江上

我也記得一九九五年在電視上第一次看到東方明珠塔時感到的失望。我跟多數外地人一樣，極其愛護老上海的歐洲式建築，無法理解爲什麼要蓋科幻漫畫一般醜陋滑稽的塔樓來破壞老上海的浪漫泰西氣氛。後來的十多年，關於新上海如何改頭換面聽得很多了。每次聽到浦東的地名，我都想起來學會了「口罩」一詞的始末。儘管如此，還是萬萬沒想到上海的變化竟像一場革命那麼大。

二〇〇九年八月，我搭乘黃浦江遊覽船，從水上望外灘也望浦東新區。由於整條外灘連公路帶步行道都在施工，令人無法步行，連計程車停車的地方都沒有，要看外灘景觀只好到水上來。本來偏愛老上海建築的我，對新蓋的高樓大廈從一開始就抱有成見。可是，心平氣和地觀察而公平地評論，新上海並沒有我所懼怕的那麼難看，大體上保持著跟香港、曼哈頓差不多的水準，尤其天色轉黑以後，群體摩天樓連帶高架公路都點起五光十色的燈火來，說相當好看也該不算過頭。而且比較一下黃浦江兩邊的景觀，誰也不能不承認，浦東新上海的鋼筋水泥叢林已經在質和量兩方面都壓倒了浦西老上海的石頭建築。連我自己都覺得，與其到外灘餐廳吃老式法國菜，倒不如去浦東新修的濱江大道邊找家露天餐廳喝啤酒吃披薩。

站在名人號甲板上遠望著外灘，我心中不禁嘆口氣：曾經顯得那麼雄偉的歐洲式石頭建築，如今似乎埋在新大廈叢林中，看起來像矮個兒老人家了。重新刷油漆的效果，和新加坡的唐人街（或者被多重高樓商場包圍的豫園）一樣，跟周圍的現實不再相干，倒像規模嫌小的主題公園了，如今看來比東方明珠塔還要滑稽都說不定。

那時忽然想起來了，我也曾經在這水面上觀望過外灘。當時的上海是以卡其爲基色的破舊大都會，沉沒於深棕色的回憶裡，使紅色大標語顯得更加刺眼。在古老的泰西建築上放置的超大標語寫著：「世界人民大團結萬歲！」一九八〇年代的中國，改革開放已經逐步開始，只是還沒眞正輪到上海來。當時，紅色大標語不再散發著光輝，反之給人過時而殘暴的印象。那標語到底是什麼時候被撤走的？拿往年的印象跟今天的場面比較，我領悟到：懷念老上海恐怕是舊時代外地人的一廂情願，這座城市的居民大概一直想著跟香港一樣自由發展，盡情建造新的、現代的、後現代的、傳奇的、令人咋舌的摩天樓。

上海—香港

八月十四日抵達上海的當天下午，等雷陣雨過後，我就離開酒店而去了位於福州路、雲南南路街口的逸夫舞台，爲的是購買第二天演出的京劇門票。逸夫舞台原名叫做天蟾舞台，芥川龍之介在《上海遊記》裡寫到在這兒看戲的始末（他坐在籐椅上被臭蟲咬得厲害）。芥川是一九二一年作爲大阪每日新聞社的海外特派員訪問江南各地以及北京，回日本後發表了一系列以中國爲背景的散文和小說的。我這次來上海之前，上網查看近期的文化項目，出乎意料地發現天蟾舞台如今都有演出京劇，只是名稱改爲逸夫舞台了。

逸夫當然是邵逸夫。我當初還以爲，香港影界大亨有錢有義氣竟買下了上海老劇院，其實不然：邵爵士祖籍寧波出生在上海，早期曾活躍於上海電影界，解放後把事業基地轉到香港去了，但是過了半世紀改革開放終於輪到上海之際，及時回來在多項文化福利事業上做捐助，一九九〇年代初改建天蟾舞台不過是其中之一項。

在今天的上海，香港的影子處處可見。其實，超過一萬棟的高樓大廈，不就是上海人非得把自己的城市變成香港的強迫心理所致嗎？陸家嘴難道不是上海的維多利亞港？屈臣氏、佐丹奴博得人氣不在話下，港式茶餐廳、避風塘茶樓受上海人歡迎的程度遠遠超過了我的預想。（我也一樣沒想到在上海街頭會看到鼎泰豐、鹿港小鎮、一茶一座、台南擔仔麵、池上便當、涮涮鍋、味千拉麵、迴轉壽司等等，那麼多台灣、日式館子。）

另一方面，很難分辨究竟屬於上海還是屬於香港的事物也不勝枚舉，讓人懷疑這兩座城市是否生爲連體嬰。最好的例子是四大百貨公司。我一九八二年第一次經過北京到上海的時候，印象最深刻的就是南京路的第一百貨商店，因爲商品的種類、品質、時髦度都明顯超過王府井百貨公司。當地導遊告訴我，這家商店原先是老上海四大公司之一大新公司，我才領會了其所以然。十多年以後，我去回歸中國前夕的香港工作生活，有當地朋友告訴我：永安、先施兩家百貨曾經是東亞最大、最繁華、最摩登的大都會上海之黃金地段南京路上的頭號名店，至今在香港的地位都高人一等。朋友的口氣中充滿著對老上海的憧憬。恐怕當年香港人作夢都想不到：上海人即將開始拚命模仿香港的一切。兩地之間似乎有雙方向的單相思。

所以，這次到上海得知永安公司已在原址重新開張了，先施公司也早回上海展開零售業了，我差一點就又被三十年河東三十年河西之感所襲而感動了。畢竟一九一八年在南京路開業的永安公司，五六年公私合營後改名爲第十百貨商店，六六年文革中再改名爲東方紅商店，六九年又改回第十百貨，八七年一度叫做華聯商廈，近年才恢復了永安公司這原名的，誰能不被二十世紀南京路的滄桑壓倒呢？可是，我在上海買的旅遊指南書裡清楚地寫著：四大公司本來就是廣東華僑所創辦，並不是純粹的上海老字號。這眞教我昏頭昏腦了。後來我查清楚了：永安公司確實是廣東中山郭家創業，一九〇七年先在香港皇后大道開百貨商店，十一年後到上海發展的。上海永安的總經理郭淋爽解放以後並沒走，文革中被關押在牛棚裡，七四年在上海去世。原來永安公司的歷史其實比我想像的還要複雜。

所謂老上海，是相對於解放後的新上海而說的。一九九〇年代以後的上海又進入了跟之前截然不同的新階段。也就是說，雖然大都會上海的歷史只能追溯到鴉片戰爭後清廷跟英國簽了南京條約的一八四二年，但是在後來的一百六十多年時間裡，這座城市至少經歷了租界時代的老上海、紅色年代的舊上海、市場經濟時代的新上海三個階段。（如果你願意，當然可以分得更細。）而在今天的新上海，正如永安公司的例子，本來屬於老上海的事物隨著紅色年代的結束重新登上歷史舞台的可也不少。

比方說，天蟾舞臺也並不是過去的一百年一直演出京劇下來的。想到文革時候傳統京劇受壓迫的程度，如今一九八〇年代以後出生的新世代演員在舞台上精彩表演而受老一輩票友的熱烈支持，眞是難能可貴，也教人不能不佩服傳統藝術的生命力。我這次在上海亦看了越劇「何文秀」的演出。開幕前在台上介紹作品和演員的趙志剛，講到一九八二年他第一次飾演同一部作品主角時候曾引起的大轟動；那也是紅色年代剛過去的日子裡，上海人對當地戲劇倖存重生表示的鼓掌喝彩吧。

從老上海，跳過舊上海，到新上海重生的例子，在建築方面爲數不少。最傳奇的例子非俄羅斯駐滬領事館莫屬。一九一六年在黃浦江20號建成的德國文藝復興式建築，最初的主人是沙俄駐滬總領事；經過一九一七年的十月革命，到了一九二四年第一任蘇聯領事才駐進；一九四九年上海解放以後，在兩個社會主義國家之間一度外交來往很頻繁，領館爲此提供場所；然而，從一九六〇年代到七〇年代，由於兩國共產黨的路線分歧，蘇聯撤銷在華領事館；文革時期，大樓被改作海員俱樂部了（我記得八〇年代初在上海住附近的浦江飯店、上海大廈，當時外白渡橋邊那棟紅色屋頂的大洋房還掛著海員俱樂部的牌子）；一九八六年中蘇兩國重建外交關係，蘇聯恢復了駐滬領事館；誰料到一九九一年蘇聯竟然解體，之後又改名爲俄羅斯總領事館了。

紅色撲克

那天從逸夫舞臺的售票處出來，我發現劇院大門旁邊有家相當破舊的書店，門口邊擺著各種撲克牌販賣：有熊貓花樣的，有中國古代神像花樣的，也有毛澤東花樣的。我拿起毛肖像的撲克牌看，盒子上印著：「紅色經典主題撲克——紅色記憶」。這一類的玩藝兒我以前在北京也看過，只是這次對標題裡的「記憶」兩個字稍微感到彆扭。

後來在上海的十天裡，我看到毛澤東肖像的次數非常少：湖南家鄉餐廳門口貼著一張，賣給外國遊客T恤的攤子在古巴英雄切・格瓦拉的肖像旁邊也掛著毛T恤，如此而已。這跟前些年在北京，前衛藝術家們紛紛把毛肖像化爲平面立體的各種作品，連計程車司機都把毛肖像當避邪符掛在後視鏡的情形很不一樣。

這次在上海，我偶爾會忘記自己身在中國大陸，因爲走在上海街頭的感覺，跟在東京、香港、台北、新加坡等其他國家的城市非常相似了。我去中國快三十年了，這樣輕鬆的空氣好像第一次呼吸到。我當初以爲那感覺是全球化的消費行爲帶來的，因爲新上海的商業建築有些跟香港的一模一樣。比方說時代廣場吧，從外觀到裡面設計，都讓你搞不清楚到底身在上海還是在香港銅鑼灣。走進商場，賣的貨色亦全是英文字母的世界名牌。

剛開始，我不允許小孩在上海的百貨店購買迪士尼、芭比娃娃、凱蒂貓、BANDAI、LEGO（樂高）等外國玩具。「好不容易來一趟中國，給我找些有中國特色的東西好不好？」我囑咐他們。可是，逛了幾家商店找來找去，賣的都是那些外國玩具，沒有穿旗袍的娃娃也沒有寫著漢字的七巧板。若是非得買有中國味道的東西，似乎只好去如今主題公園化的豫園了。做媽媽的先著急，後覺得無奈而說服自己：畢竟在東京的百貨商店，帶有日本特色的商品佔的比率有多少？來日本的外國遊客買回家的早就不是日本娃娃，而是家用電器、照相機等等跟傳統文化無關的國際商品了。再說，上海商店賣的那些外國玩具其實全是中國製造的。哎，我當然會弄不清楚身在哪兒了。

但那還不能說明一切。以前從國外到中國大陸，始終擺脫不了一種令人神經緊張的約束感。那是剛抵達中國機場的刹那就開始的，因為當年在機場大廳一定有端槍立正的人民解放軍士兵値班。這次無論在機場還是在市內，我連一次都沒有看到軍人。唯一的例外是電視播放在上海舉行的「將軍後代演唱會」那一次。上了年紀的前文工隊員們穿著軍裝唱〈游擊隊之歌〉、〈我的祖國〉等老歌曲，給人的印象不外乎眞人版本的紅色撲克。

東方既白

有一天，我在人民廣場地下的通道牆上高處看到了一家連鎖餐廳的廣告，字號旁邊寫著「肯德基的兄弟品牌」什麼的。那店名，簡直奇襲一般，教我頓時喘不過氣了。我受了天大的震撼，一時不敢相信自己的眼睛。「東方既白」？我花幾秒鐘，一個字一個字地確認。沒有看錯，確實是「東方既白」。但怎麼可能？我從來想都沒想過在中國大陸「東方」一詞會跟「紅」以外的顏色連接起來公然使用，何況跟「白」色，何況在上海。

後來上網得知，那字號是取自〈前赤壁賦〉的：「客喜而笑，洗盞更酌，肴核既盡，杯盤狼藉。相與枕藉乎舟中，不知東方之既白。」不過，我的驚訝卻一點也沒有因此而減少。「東方既白」。看到了那字號以後，我才清楚地意識到了，曾經在中國大陸無所不在，但已經從上海市面上消失，因而改變了整體社會氣氛，使上海的空氣跟外國城市沒有分別的，究竟是什麼。

不知道什麼時候開始，上海員警的制服換了款式，如今的制服以藍色爲主，背後還用英文寫著：POLICE。再說，警車、公安局的標誌都不用紅色而用藍白兩色了。宣傳世博會的海報看板也基本上不用紅色，而主要用白、藍、綠三種顏色構成的畫面上寫的口號是：「城市，讓生活更美好。」這其實不能算是口號，無法大家齊聲大喊嘛，而且很像「明天會更好」，逼人一定聯想到台灣、香港。它跟北京奧運會的「同一個世界，同一個夢想」屬於不同樣境界，把視野限在城市邊境內。「世界人民大團結萬歲！」的標語當然得退場。如今在上海街頭已經找不到紅色年代的痕跡，雖然那才是二、三十年前的事情。

其實，除了撲克牌、湖南餐廳和T恤攤子以外，我也還在兩個地方看到了毛澤東肖像。一次是在四川北路的魯迅紀念館，另一次是在新天地的中共一大會址。兩個地方近年都進行過裝修，很乾淨、很好看。而且兩個地方都不收費，顯然有教育年輕一代的目的。暑假裡，魯迅紀念館相當擁擠，畢竟外邊的公園有許多活動，至於中共一大會址則安靜多了。不過，我還是覺得，新上海最爲摩登的新天地一角有新中國誕生的紀念碑是非常重要的，值得大家去參觀，因爲人格是個人經歷的綜合，民族是共同記憶的綜合。只是任何敘述都該有開頭和結尾。爲紅色年代的到來做介紹的同時，也需要介紹紅色年代的退場，否則嫌片面，也講不清楚新上海是從哪裡來的。

上海書城的一樓有個角落專門擺著關於上海的書籍，把眾多書歸納爲兩個領域：「老上海」和「新上海」。屬於老上海的書，如《回夢上海老洋房》、《回夢上海老弄堂》、《百年上海》等等，都圖文並茂地講述從一八四二年到一九四九年曾聞名於世的十里洋場，充分刺激外地人的懷舊情調。屬於新上海的書，我覺得最新鮮而有用的是針對於國內遊客的旅遊指南書，如《走遍中國——上海》，講的自然是眼下的上海，最早也只追溯到一九七八年改革開放開始爲止。在老上海和新上海之間曾經存在了三十年之久的紅色上海，在市內最大書店裡沒有專用的書架，在市面上也給抹掉得差不多了，連影子都難找著，除非去不收費的官方設施受教育去。

我逛上海書城，除了看到自己的著作以外，最大的收穫是買到了北島、李陀主編的《七十年代》這本書。關於三十多年前中國的多篇文章，為我補充在老上海和新上海之間所缺席的書架，同時提供理解今天的框架。翻翻書頁，我發現「去中國化」「告別革命」等非常關鍵的概念。有趣的是在序言裡李陀就說，出版這本書的目的之一是為了對抗不需要記憶的時代。他寫道：「我們似乎正在進入一個失去歷史記憶的時代，一個沒有歷史也可以活下去的時代。現實好像要證明，人的記憶似乎沒有必要一定和歷史聯繫，人的記憶只能是功能性的，房子車子票子，事無巨細，錙銖必較，沒有昨天，沒有過去。」他講的並不僅是上海而是整個中國。可見，壓抑歷史，不談何來何去，人竟會失去記憶的。看樣子，二十世紀曾位於各種社會轉變前衛的上海，今天好像又位於這股風潮的前衛了。

05 Chapter

上海美食

一天三餐成了無比快樂的活動，既是對感官的享受，又有文化上的樂趣。

最近去了一趟上海，變化之大教我目瞪口呆，這也不奇怪，我有很多年沒去上海了。前一次去的時候，連東方明珠塔都還沒有建起來，也沒有浦東機場。這次抵達上海，從機場搭磁浮列車往市區的感覺滿新鮮，只是沒想到乘車時間會那麼短，一出發就抵達，簡直跟遊樂園裡的雲霄飛車一般。換坐地鐵再往前，喲，不知不覺之間過了黃浦江。在人民廣場再倒車，到了新世界站就下車。公共交通眞的方便極了。

搭手扶梯上去，馬上看到麥當勞

並沒有吃驚，全世界每個城市都有嘛。可是，接著看到涮涮鍋的牌子，出乎我預料之外了。一人一小鍋的涮羊肉，在我印象裡專門屬於台灣；以前每次去台北，我都在火車站二樓的美食街吃涮涮鍋的。不知爲何，台灣的涮涮鍋裡一定有洋白菜，台灣人稱之爲高麗菜，吃起來既嫩又甜令人忘不了。沒想到如今上海都有涮涮鍋。到了上面，喲，旁邊就是日式蛋糕店了。隔壁又是7-Eleven便利店，賣著日式飯糰。對面還有港式茶餐廳呢！我在香港住的日子裡，幾乎每天早上起來後就去住家附近的茶餐廳，喊一聲：「唔該！公司三明治，同埋凍咖啡」的，這一句廣東話至今我說得最地道。

後來買本《上海美食地圖》翻一翻，我發覺，如今在上海全中國的美食都能嘗到了。例如：北京東來順的涮羊肉、全聚德的烤鴨，還有港式點心，台南擔仔麵，四川菜，雲南菜，東北菜，新疆菜等等。其中，我最沒想到的還是台灣小地方風味，例如：池上便當、鹿港小鎮等店賣的東西。我也一樣沒想到上海超市竟賣著我曾在香港靠之維生的冷凍食品大王「灣仔碼頭北京水餃」，眞有「久違了，老朋友！」的感覺。幸虧，我這次住的新黃浦酒店公寓客房裡附設著小廚房，能夠自己煮一下冷凍餃子吃的。不過，冷靜地去想，在「上海」吃「灣仔」碼頭「北京」水餃，眞教人搞不清楚身在哪裡了。這叫做全球化，還是什麼呢？

來到上海，還是非得吃當地美食不可。南翔饅頭店聞名於世，我多年前排隊許久吃過一次，這次去看看人龍實在太長了，不知要排隊多久才能吃到，結果只好死心了。還好，去魯迅紀念館那天在「飛龍生煎」，除了生煎以外還吃到了蟹粉小籠包。在那兒，我還發現了之前從沒吃過的上海小吃：排骨年糕。這搭配猶如英國人愛吃的炸魚薯條一樣，在上海市面上是公認的一對，誰也不能教它們倆分開的。也難怪，外脆裡嫩漿料稍甜的炸排骨，跟清淡有味道的年糕一起吃，可以說是下午肚子有點餓的時候理想的小吃了。

這次來上海之前，我上網查酒店，不可讓步的條件之一便是附近餐館選擇要多。最後訂的酒店離雲南南路美食街很近。連日本出版的旅遊指南書都有介紹：那裡的小紹興酒家以白斬雞聞名全城。所以，一放下行李我們就穿過酒店對面的弄堂（這樣可以省時間，反正捏著鼻子就聞不到公共廁所的味道了）跑去雲南南路的小紹興。在二樓大堂，我們叫了白斬雞、醉蟹、紅燒鮑魚、南乳扣肉、蟹粉水蛋、響油鱔糊，當然也叫了一瓶花雕酒。邊吃邊喝，公婆倆彼此點頭豎起大拇指，互相說：「值得，值得，這次來上海，吃到了這頓飯就已經值得了！」我們太喜歡這家餐館，所以第二天一早又去，吃了香噴噴的小餛飩。

雲南南路美食街果然名不虛傳。我一早就出去，在路邊的小鋪子買各種各樣現蒸現賣的包子：有三鮮包、肉包、素包、豆沙包，還有糯米燒賣，種類可多眞好玩，而且特別便宜。下午觀光回來就逛幾家水果攤子，選買桃子、葡萄、西瓜、櫻桃、香蕉、山竹、荔枝等等。沒想到上海有賣這麼多種熱帶水果。到了晚飯時間，決定要在哪一家吃飯則特別困難，因爲選擇實在太多了。我對清眞菜情有獨鍾，而且在日本特別難吃到，有一晚去了延安東路路口的洪長興羊肉館。四個人吃了一公斤多的羊肉，酒足飯飽地走出來，發現對面有西餐老字號「德大西餐社」，門面太有吸引力了，我無法抗拒，於是順路進去喝了杯咖啡。晚上的雲南南路可謂人山人海，有火鍋店、海鮮店、烤鴨店，也有幾家著名的本幫菜館，家家都掛著「中華老字號」的牌子，眞厲害。醉醺醺地溜達溜達，到了金陵東路，街口的德興麵館從早到晚都坐滿了客人，不能不去。於是改天一早就光臨，點了大家都吃的燜蹄一鮮麵，結果實在好吃。

這次上海之行正逢仲夏天氣酷熱，每天氣溫超過三十五度，不適合在外頭走走。還好，一天三餐成了無比快樂的活動，既是對感官的享受，又有文化上的樂趣。只可惜，因爲時間和胃腸容量都有限，還有很多東西這次沒吃到，例如：功德林的素菜，以及應時的大閘蟹。我一定要再去吃的。上海，等著我吧。

05
Chapter

四川大地震

大批志願者開車，或者騎摩托車，主動運送救災物資而赴災地的情形，在日本是前所未見的。

由於四川大地震，日本人的中國觀發生了重大變化。之前幾年對中國越來越敵視的日本輿論，這回卻是滿同情中國人民。

自從二〇〇四年左右，日本輿論對中國越來越敵視有幾方面的原因。首先是在足球比賽等場合，中國球迷對日本隊成員以及球迷的挑釁行為。然後，二〇〇五年四月在北京、上海等地發生的反日示威遊行嚇壞了日本人。尤其是中國警察不積極取締歹徒的表現，透過電視新聞傳到日本以後，在日本人的心目中形成了「關於反日運動，中國官民相勾結」的印象。當時，日本的首相是右派的小泉純一郎。他多次參拜靖國神社，每次都引起中國的抗議，結果前後幾年，中日兩國之間幾乎沒有了政界高層的接觸。

同時，中國經濟發達之快出乎大家的意料。日本的市場分析家好幾次說過：中國經濟快要崩潰了。可是，他們的預言一次也沒有應驗。中國一年比一年發達，日本人開始感到壓力，甚至威脅。過去幾年，東京街頭也可看見來自大陸的個人遊客了。他們在秋葉原、銀座等地的商店買東西，花錢慷慨的程度令日本人目瞪口呆。「難道不久前，人家還不是全國上下都穿毛裝的第三世界國家嗎？」日本人的觀念不容易改變過來。

二〇〇八年初發生的「毒餃子事件」令日本人提高了對中國食品的警惕。大陸生產的食品在衛生、安全方面很不可靠，但是日本人的飲食生活早就在很大程度上依靠中國產品了。拒絕了中國產品，只能餓死自己，可怎麼辦？同年三月份的西藏暴動，四月份的奧運聖火風波，連連教日本人感到：中國就是很麻煩。

然後，五月初訪問日本的中國國家主席胡錦濤，爲人言辭都很溫和，給日本很多人留下了相當好的印象。未料，他離開日本的第二天就發生四川大地震。當初，日本媒體對中國災難的態度還滿冷淡的。NHK電視台特地報導中國政府對國內媒體的指示說：中國電視故意挑選動人的救災場面來播送，把天災都當作政治工具等。可是，天天看著災區的悲慘現實，日本人也不能不心疼。不久很多人開始說：這跟十三年以前，我們遭受的災難一樣。

一九九五年一月的阪神淡路大地震，在神戶等日本西部城市造成的損害特別大。在高度現代化大城市，好多人一下子被活埋，最後六千多人喪命。不僅受害者和家屬，整體國民都感到極度的痛苦。結果，從各地趕來的大學生等志願者（volunteers），好幾個星期都留在災區，在各方面都幫助了災民。大批志願者開車，或者騎摩托車，主動運送救災物資而赴災地的情形，在日本是前所未見的。

自從一九九五年的大地震以後，日本普及了PTSD（post-traumatic stress disorder，創傷後壓力症候群）的概念。如今廣大社會都懂得：經歷過悲慘體驗的人，事後很長時間都會有感情痛苦，需要心理上的輔助。這次透過電視報導接觸到四川災民的狀況，尤其是母親爲了保護嬰兒自己被壓死等消息，多數日本人回想起當年神戶的場面，也就能想像到中國人現在遭受的痛苦。平時覺得很疏遠的大陸人民，忽而像骨肉一般親切。原來，人類不外是一個大家庭。

Chapter 05

北京的蟻族

在二〇〇八年的金融危機以後，有產階級和無產階級的利益衝突日趨明顯，蟻族就是在這時候出現了。

最近去了一趟北京。令人驚訝的是，表面上看來繁榮無比的旭日城市北京，實際上跟夕陽東京共有許多問題。其中之一就是年輕人的就職困難和住房短缺。

有本書叫做《蟻族》專門討論這問題。根據這本書，北京等中國大城市過去幾年出現了「蟻族」，乃「大學畢業生低收入聚居群體」的別名。他們畢業於大學，卻找不到穩定高收入的工作，往往從事保險推銷、餐飲服務等低薪水職業，付不起昂貴的房租，只好在大城市周邊還沒被拆掉的老院子裡集中居住，久而久之形成貧民窟。

從前在中國，大學生是只占同齡人口百分之一的「天之驕子」，畢業以後的工作由政府保證分配。然而，自從二十世紀末開始擴招以後，大學生人數每兩年翻一番，已經超過了百分之二十，使得畢業生不再是社會精英。儘管如此，父母出很多錢送上大學的獨生子，念完書後不肯回家鄉從事基層勞動，還是希望留在大城市謀生。

在市場經濟下的中國，國家不給他們介紹工作，非得自己投簡歷碰運氣不可了。但是大學一畢業還是得從宿舍搬出來的。如今北京的房價越來越高，一套普通的房子賣三百萬人民幣（約合台幣一千五百萬元），一廳一房小單位的月租都要三千塊錢人民幣（台幣一萬五千元），比蟻族的平均工資高出一半。於是他們只好去城市邊緣找面積不到十平方米（約三坪）的破房子住下來，每天為通勤坐來回幾個鐘頭的公交車。這情形，有個中國學者說明得很清楚：大城市對農村出身的年輕人，經濟上吸納，社會上排斥。

在廣大中國，生活條件比他們差的人應該很多。關鍵在於他們是生活在大城市的年輕知識分子，一旦鬧起來結果會非常麻煩。今天的中國貧富懸殊日趨嚴重。富人過的日子跟東京、紐約沒兩樣，他們非常害怕所謂憤青在網路上展開的極左言論，乃貧困青年要求分富人財產的。中國一方面維持共產黨專政，另一方面施行市場經濟，結果缺乏資本主義該有的法制和公平競爭，除非有政治資本即關係，絕對爬不到社會上層來。直到最近，整體社會的發達叫多數人覺得市場經濟是好的。然而在二〇〇八年的金融危機以後，有產階級和無產階級的利益衝突日趨明顯，蟻族就是在這時候出現了。

這次在北京，我見到了戰戰兢兢的富人，也見到了公然主張革命的憤青。在北京大學附近的蟻族居住地走走，我心想：沒想到中國這麼快又要到革命前夕。

05
Chapter

親子飯店

今後全家旅行的機會要慢慢減少。那好吧，就是這一次，要嘛大家擠在同一個房間裡吵吵鬧鬧。

八月份要去南台灣旅行，我原本充滿期待：能訪問古都台南、港口城市高雄、位於高山的原住民地區，還有以美麗白沙聞名的墾丁海灘。然而，開始準備具體的旅程後，我馬上感到頭疼：親子四個人能一起住的飯店房間少之又少。

上網查看台灣各地的飯店，不少飯店有「四人房」。只是，仔細看，大多數其實是一個房間裡擺著兩張中床而已。也就是說，稍微大的雙人房罷了。所謂中床有兩米長，一米五六寬，足夠一對夫婦一起睡。問題是：在親子一行四個人當中，只有一對夫婦。其他兩個是男女各一個孩子。假如他們還是幼兒的話，做父母的分別抱著一個睡覺就行。然而，如今兄妹都是小學生，父母的懷抱再也容納不了他們。妹妹七歲還夠小，跟別人睡在同一張床上也許勉強還可以。但是，哥哥已經十一歲，身高超過一米五，體重超過四十五公斤，簡直是小大人了。叫他跟爸爸一起睡吧，肯定父子倆都嫌床太小，搞不好就打起架來。叫他跟妹妹一起睡吧，兄妹倆都會嫌彆扭，非得吵起來不可了。叫他跟媽媽（我！）一起睡吧，恐怕爸爸和妹妹都不高興，要鬧起脾氣來的。

所以，最好能找到有兩個臥室的套房，讓父母和孩子兩代人和平文明地分開睡覺。而在台灣不少飯店的網站上，確實有「套房」的。只是，再仔細看，那些「套房」實際上只有一個房間而已。也就是，「套房」不外是「客房」的美名。不行啦、不行啦，我們需要多一點空間！

台灣飯店可眞多，眞正的套房也並不是沒有的。稍微高級一點的飯店經常有面積超過七、八十平方米（約二十幾坪）的「行政套房」、「商務套房」、「皇家套房」等，具備著一房一廳，甚至獨立廚房。但是，那些大套房都只有一張大床而已。即使是兩米寬的大床，至多也只能睡兩個人吧。我問過各家飯店的訂房部門，能不能在臥室或客廳多放兩張小床，反正有的是空間。然而，對方卻回答說：「很抱歉，只能加一張小床。」看來，台灣飯店的大套房是讓老闆一個人住，或者帶美女兩個人住，最多也只允許一名秘書陪住的地方，而不是全家老小去家庭旅行時投宿歡樂的地方。

記得老大才一歲的時候，我們夫婦帶他去了日本最南邊的沖繩，於那霸市的日本式旅館住了下來。那次訂的是雙人房，有兩套被褥，才一米寬，只夠一個大人睡。兒子當時還吃母奶，我以爲抱著他睡應該問題不大。誰料到，一歲男嬰的力氣大得把母親從被褥推出去，教我通宵在榻榻米地板上睡不著覺。我當時就考慮過加床，但是價錢不俗的，租一套被褥的費用竟達八十塊美金一晚。後來，我們寧願出國旅行，一個原因就是國外飯店的住宿條件比日本好。

有一次我們住過北京前門飯店的家庭套房。在那兒，臥房和客廳是分開的，而臥房裡有兩張中床。那時兒子小學一年級了，體重剛剛三十公斤，跟爸爸同睡還算可以；至於三歲的女兒和我一起睡則完全沒有問題。前門飯店樓下附設梨園劇場，每晚舉行京劇演出，孩子們被機靈的孫悟空所迷住，買了面具帶回日本，後來長期模仿著京劇玩得好痛快。有一個夏天我們在馬來西亞婆羅洲古晉市住的飯店，可以說是親子遊客的理想。總面積超過一百二十平方米（約三十六坪），乃兩房兩廳加廚房的。主臥房有一張大床，孩子房則有兩張小床，客廳擺著一套沙發，餐廳有一套桌椅，廚房具備微波爐。還可免費使用飯店附設的游泳池，坐車出去半個多鐘頭就抵達熱帶雨林裡的國家公園。那麼好的度假飯店，一晚的房租才一百多美元！

同樣的家庭套房，其實幾年前在台灣我們也住過。可是，這些年來台灣社會風氣的變化非常大。所謂「少子化」即孩童人口之減少特別嚴重，同時有錢的職業婦女人口大幅度增加。結果，針對於親子遊客的設施越來越少，反而爲單身女士提供的服務如SPA之類越來越多。我們一家四口子找合適的住房自然困難了。但是，我們一定要去南台灣。我腦海已經充滿著各種各樣有趣的計劃：如，嘗嘗聞名於世的台南小吃；在高雄觀看台灣海峽；去山地體驗一下原住民的豐年祭；到台灣最南部的燈塔遠望菲律賓。

這次找合適住房之困難教我想到兩件事情。首先，自從十五歲開始單獨旅行到今天，我在世界各地住過很多不同種類的旅館：日本青年旅社、中國涉外賓館多人房、北美汽車旅館、歐洲B&B、東南亞度假飯店等。其次，過去十餘年，爲了帶著兩個孩子闖世界，我曾遇到而克服過不少困難。兒子很快要上初中，跟兩個小學生去旅行，今年是最後一次了。恐怕今後全家旅行的機會要慢慢減少。那好吧，就是這一次，要嘛大家擠在同一個房間裡吵吵鬧鬧，要嘛做母親的（我！）鼓起勇氣繼續尋找親子旅行的理想飯店吧！

Chapter 05

海角七號與日本

我衷心希望在日本公開上映之際，它也會擺脫政治的魔爪，純粹作為藝術娛樂作品，獲得眾多日本影迷的青睞。

「海角七號」在日本的公開上映日期終於決定下來，將於二〇一〇年初在銀座CINE SWITCH、大阪梅田GARDEN CINEMA等小劇院輪流上映。二〇〇九年九月底在新宿安田保險公司音樂廳舉行的試映會上，魏德聖導演以及范逸臣、田中千繪、中孝介三位演員上台致詞。至於客座上的嘉賓，有台北駐日經濟文化代表處的馮寄台代表。到場的日本范逸臣粉絲人數跟媒體記者一樣多。試映開始後，有幾次聽到觀眾的笑聲，閉幕後則馬上響起了一場鼓掌聲，整體

反應相當好。

日本發行商爲了讓觀眾知道這部電影的台詞中有北京話和台語的區別，在字幕上做了特別的符號，即每次當登場人物講台語之際，都在日語譯文前面出現個黑點。這是之前在日本上映台灣電影的時候從沒有過的措施，可以說是一個突破了。多數日本人至今還不知道台灣人講的語言不止一種。即使高度評價台灣新電影的文化界人士都經常分不清，例如侯孝賢的作品裡，哪些人物講的是台語、客語、上海話。這次透過「海角七號」的字幕，日本觀眾會發現台語在台灣南部的通行度到底多麼高。他們對台灣社會文化的理解也會變得深刻一些。

「海角七號」去年在台灣爆紅後，日本網路上都有不少人講到這部電影。可是，到目前爲止，上映次數甚少，而且除了幕張海洋電影節上的放映以外，似乎都是「日本李登輝之友會」等政治團體舉行的。這情形本教人非常擔心「海角七號」在日本會被政治化，使得純粹的電影迷和台灣文化粉絲敬而遠之。幸虧在試映會上，發行商做的宣傳注重愛情故事的一面，台上的魏導也對台日歷史的話題沒有表示強烈的興趣，台下的范逸臣粉絲則專門表示對帥哥歌手演員的迷戀，整體場面沒有政治色彩，讓人鬆了一口氣。

二〇〇九年四月NHK電視台播放的紀錄片「日本出道：亞洲的『一等國』」從批判的角度描繪日本對台灣的殖民統治，引起了右派群體的強烈憤怒。以「李登輝之友會」爲首的右派分子，一方面組織對NHK的千人抗議示威，另一方面向東京地方法院提起了一萬人的集體民事訴訟，要求NHK付給每人一萬日圓來補償該節目造成的心理損害。日本向來有右派人士否定軍國主義的罪惡性，但是在國內他們是少數派，在國外更沒人理他們。誰料到，從一九九〇年代起，李登輝成了他們的精神領袖。如今他們用「李登輝之友會」的名稱廣泛展開右派言論，而且經常拉出包括原住民在內的台灣老人家來，請其爲大日本帝國作證。然而，在日本，右派的形象是極差的。尤其這次對NHK的抗議行動，媒體界普遍認爲執拗得似威脅。如果在日本人的心目中，台灣的形象跟那些人連接在一起，那就太可悲了。

「海角七號」是非常好的一部電影。在台灣、大陸都曾有人要把它政治化，但是到了最後作品的魅力壓倒了一切。我衷心希望在日本公開上映之際，它也會擺脫政治的魔爪，純粹作爲藝術娛樂作品，獲得眾多日本影迷的青睞。我相信，只要有機會虛心坦懷地看一遍，日本人也一定會喜歡這部可愛的台灣影片。

你如何購買大田出版的書？

這裡提供你幾種購書方式，讓你更方便擁有知識的入口。

一、書店購買方式：

你可以直接到全省的連鎖書店或地方書店購買，

而當你在書店找不到我們的書時，請大膽地向店員詢問！

二、信用卡訂閱方式：

你也可以填妥「信用卡訂購單」傳真到04-23597123

（信用卡訂購單索取專線04-23595819轉230）

三、郵政劃撥方式：

戶名：知己圖書股份有限公司　　帳號：15060393

通訊欄上請填妥叢書編號、書名、定價、總金額。

四、晨星網路書店購書方式：

一般會員——不論本數均為9折，購買金額600元以下需加運費50元。

VIP會員——不論本數均為76折，購買金額600元以下需加運費50元。

目前的付款方式：1.線上刷卡（網路上會有說明）2.信用卡傳真3.劃撥（大田帳號15060393／戶名：知己圖書股份有限公司）4.ATM銀行代號013（國泰世華中港分行064033007581）

五、購書折扣優惠：

10本以下均為9折，購買金額600元以下需加運費50元；團訂10本以上可打八折，但不能在網路上下單，可以直接劃撥或用信用卡訂購單傳真或ATM的方式。

六、購書詢問方式：

非常感謝你對大田出版社的支持，如果有任何購書上的疑問請你直接打服務專線04-23595819轉分機230或傳真04-23597123，以及Email:service@morningstar.com.tw

我們將有專人為你提供完善的服務。

大田出版天天陪你一起讀好書！

歡迎光臨大田網站 http://www.titan3.com.tw

可以獲得最新最熱門的新書資訊及作者最新的動態，如果有任何意見，

歡迎寫信與我們聯絡titan3@ms22.hinet.net。

歡迎光臨納尼亞傳奇中文官方網站 http://www.titan3.com.tw/narnia

編輯病部落格 http://blog.pixnet.net/titan3

編輯也噗浪 http://www.plurk.com/titan3/

大田出版在臉書 http://www.facebook.com/titan3publishing

美麗田 117

沒有了鮪魚，沒有了奶油

作者：新井一二三

發行人：吳怡芬
出版者：大田出版有限公司
台北市106羅斯福路二段95號4樓之3
E-mail:titan3@ms22.hinet.net
http://www.titan3.com.tw
編輯部專線（02）23696315
傳眞（02）23691275
【如果您對本書或本出版公司有任何意見，歡迎來電】
行政院新聞局版台業字第397號
法律顧問：甘龍強律師

總編輯：莊培園
主編：蔡鳳儀　編輯：蔡曉玲
行銷企劃：蔡雨蓁　網路企劃：陳詩韻
校對：陳佩伶／蘇淑惠／新井一二三
內文設計：好春設計／陳佩琦
承製：知己圖書股份有限公司・（04）23581803
初版：2010年（民99）六月三十日
定價：新台幣230元

總經銷：知己圖書股份有限公司
（台北公司）台北市106羅斯福路二段95號4樓之3
電話：（02）23672044・23672047・傳眞：（02）23635741
郵政劃撥：15060393
（台中公司）台中市407工業30路1號
電話：（04）23595819・傳眞：（04）23595493

國際書碼：ISBN 978-986-179-174-6 /CIP:861.6/99007609

國家圖書館出版品預行編目資料

沒有了鮪魚，沒有了奶油／新井一二三著.——初版
——臺北市：大田，民99.06
面；公分.——（美麗田；117）

ISBN 978-986-179-174-6（平裝）

861.6 99007609

廣 告 回 郵
北區郵政管理局登
記證北台字1764號
免 貼 郵 票

To：大田出版有限公司　編輯部收

地址：台北市 106 羅斯福路二段 95 號 4 樓之 3
電話：(02) 23696315-6　傳真：(02) 23691275
E-mail：titan3@ms22.hinet.net

From：地址：

姓名：

＊請沿虛線剪下，對摺裝訂寄回，謝謝！

大田精美小禮物等著你！

只要在回函卡背面留下正確的姓名、E-mail和聯絡地址，
並寄回大田出版社，
你有機會得到大田精美的小禮物！
得獎名單每雙月10日，
將公布於大田出版「編輯病」部落格，
請密切注意！

大田編輯病部落格：http://titan3.pixnet.net/blog/

智 慧 與 美 麗 的 許 諾 之 地

＊請沿虛線剪下，對摺裝訂寄回，謝謝！

閱讀是享樂的原貌，閱讀是隨時隨地可以展開的精神冒險。

因爲你發現了這本書，所以你閱讀了。我們相信你，肯定有許多想法、感受！

讀 者 回 函

你可能是各種年齡、各種職業、各種學校、各種收入的代表，
這些社會身分雖然不重要，但是，我們希望在下一本書中也能找到你。

名字／ ______________ **性別／**□女 □男 **出生／** ____年 ____月 ____日

教育程度／ ____________________

職業：□學生 □教師 □內勤職員 □家庭主婦
□SOHO族 □企業主管 □服務業 □製造業
□醫藥護理 □軍警 □資訊業 □銷售業務
□其他 ______________

E-mail/ ____________________ 電話/ ______________

聯絡地址: ______________________________

你如何發現這本書的？ **書名：沒有了鮪魚，沒有了奶油**

□書店閒逛時 ________ 書店 □不小心在網路書站看到（哪一家網路書店？）________

□朋友的男朋友（女朋友）灑狗血推薦 □大田電子報或網站

□部落格版主推薦 ______________________________

□其他各種可能，是編輯沒想到的 ______________________________

你或許常常愛上新的咖啡廣告、新的偶像明星、新的衣服、新的香水……
但是，你怎麼愛上一本新書的？

□我覺得還滿便宜的啦！ □我被內容感動 □我對本書作者的作品有蒐集癖

□我最喜歡有贈品的書 □老實講「貴出版社」的整體包裝還滿合我意的 □以上皆非

□可能還有其他說法，請告訴我們你的說法

____

你一定有不同凡響的閱讀嗜好，請告訴我們：

□哲學 □心理學 □宗教 □自然生態 □流行趨勢 □醫療保健
□財經企管 □史地 □傳記 □文學 □散文 □原住民
□小說 □親子叢書 □休閒旅遊 □其他 ______________

一切的對談，都希望能夠彼此了解，
非常希望你願意將任何意見告訴我們：

大田出版有限公司編輯部 感謝您！